Bibliothek César Aira

Band 10

Aus dem Spanischen
von Christian Hansen

César Aira

Die Wunderheilungen des Doktor Aira

Matthes & Seitz Berlin

I

Eines Tages fand sich Doktor Aira bei Morgengrauen flanierend auf einer von Bäumen gesäumten Straße eines Viertels von Buenos Aires wieder. Er litt unter einer Art Somnambulismus, und es geschah nicht selten, dass er in fremden Nebenstraßen wieder zu Bewusstsein kam, die er in Wirklichkeit gut kannte, da sie allesamt gleich aussahen. Sein Leben war das eines halb zerstreuten, halb aufmerksamen (halb ab- und halb anwesenden) Spaziergängers, der sich in diesem Wechselspiel seine Kontinuität erschuf, will sagen, seinen Stil oder, mit anderen Worten und um den Kreis zu schließen, sein Leben; und das würde so bleiben, bis sein Leben endete und er stürbe. Da er schon hart auf die fünfzig zuging, konnte dieser nahe oder ferne Schluss in jedem Moment erfolgen.

Eine schöne Libanonzeder auf dem Gehweg vor einer prätentiösen kleinen Villa reckte ihre stolze runde Krone in die rosagraue Luft. Um sie zu betrachten, blieb er stehen, von Bewunderung und Zärtlichkeit durchdrungen. Er hielt ihr *in pectore* eine kleine Ansprache, in der sich Lobrede mit Verehrung (der Bitte um Beistand) mischte und die kurioserweise auch einige beschreibende Aspekte enthielt; ihm war nämlich bewusst geworden, dass die Verehrung mit der Zeit gern ein wenig abstrakt und automatisch ausfiel. In diesem Fall hatte er bemerkt, dass die Krone des Baums bloß und buschig zugleich war; man sah durch sie hindurch den Himmel, dabei hatte sie doch Nadeln. Als er sich auf die Zehenspitzen stellte, um einen besseren Blick auf die unteren Äste zu erhaschen (er war sehr kurzsichtig), sah er, dass die Nadeln, die an olivgrüne Flaumfedern erinnerten, halb in sich zurückgekrümmt waren; vielleicht würden sie bald abfallen; es war schon Ende Oktober, und die Bäume pfiffen auf dem letzten Loch.

»Ich glaube ehrlich gesagt nicht, dass die Menschheit diesen Weg noch lange weiterverfolgen kann. Unsere Spezies hat auf diesem Planeten zu einer solchen Dominanz gefunden, dass sie schon keine ernste Bedrohung mehr fürchten muss, so als bliebe uns nichts anderes zu tun übrig, als weiterzuleben und uns nach Kräften zu amüsieren, ohne dass existenziell noch etwas auf dem Spiel stünde. Und in dieser

Richtung schreiten wir weiter voran, sichern das schon Gesicherte. Bei jedem Fortschritt oder Rückschritt aber, er mag noch so verhalten ausfallen, überschreiten wir unwiderruflich Schwellen, und wer weiß, welche wir schon überschritten haben oder gerade jetzt überschreiten. Überschreitungen, die die Natur zu einer Reaktion veranlassen könnten, wobei wir unter Natur das allgemeine Regelwerk des Lebens verstehen. Vielleicht ist ihr diese Frivolität, zu der wir gelangt sind, ein Dorn im Auge, vielleicht kann sie es nicht zulassen, dass eine Spezies, auch die unsere nicht, sich über ihre arteigenen Grundbedürfnisse erhebt ... Das ist meinerseits natürlich eine unzulässige Personifizierung, ich hypostasiere und externalisiere Kräfte, die in uns selbst liegen, aber ich zumindest weiß, was ich meine.«

Was für Sachen, um sie einem Baum zu sagen!

»Nicht, dass ich irgendetwas prophezeien würde, schon gar keine Katastrophen oder Plagen, nicht mal deren subtile Formen, keineswegs! Wenn meine Überlegung stimmt, spielen sich die Korrekturen innerhalb des Wohlbefindens ab, als ein Teil von ihm ... Wie, weiß ich nicht.«

Er war weitergegangen und hatte das Bäumchen schon ein ganzes Stück hinter sich gelassen. In gewissen Abständen blieb er erneut stehen und richtete einen hoch konzentrierten Blick auf irgendeinen Punkt der umliegenden Nachbarschaft. Es waren abrupte Stopps von rund einer halben

Minute, die keiner Regelmäßigkeit zu folgen schienen. Nur er wusste, welchem Impuls sie gehorchten, und es war unwahrscheinlich, dass er es jemals irgendwem verraten würde. Es waren Zwangspausen der Beschämung; sie koinzidierten mit der im gewundenen Verlauf seines müßigen Flanierens aufsteigenden Erinnerung an irgendeine Blamage. Nicht dass er an diesen Erinnerungen Gefallen fand, im Gegenteil; er konnte nicht verhindern, dass sie plötzlich durch die Dünung seiner Gedanken an die Oberfläche traten. Ihr Auftauchen besaß eine solche Wucht, dass es ihn lähmte und zum Stehenbleiben zwang, weshalb es immer eine Weile dauerte, bis er die Kraft fand, seinen Weg fortzusetzen. Von vergangener Scham erlöste ihn die Zeit ... hatte ihn schon von ihr erlöst, ihn in die Gegenwart versetzt. Die Blamagen waren Stillstände der Zeit, in ihnen stockte alles. Es waren nur Erinnerungen; verwahrt im einbruchsichersten aller Tresore, einem, den kein Fremder zu öffnen vermag.

Es handelte sich um Erinnerungen an lächerliche, kleine Missgeschicke vollkommen privater Natur, Unvorsichtigkeiten, Fehltritte, die nur ihn selbst betrafen; sie hatten sich ihm eingeprägt, Bröckchen des Bedauerns im Strom der Ereignisse. Aus irgendeinem Grund waren sie unauflöslich. Sie widersetzten sich jeder Übersetzung, etwa der Überführung in die Gegenwart. Wenn sie gegenwärtig wurden, lähmten sie sein somnambules Treiben, also genau das, was sie aus ihrem labyrinthischen Vergangenheitsversteck aufscheuchte. Je länger seine Wege, desto größer die Wahrscheinlichkeit, dass er sich wider Willen eine einfing. Das machte seine endlosen Spaziergänge zu Durchquerungen des verzweigten Irrgartens seiner verflossenen Jugend. Vielleicht gab es am Ende doch eine Regelmäßigkeit, die eine irgendwie geartete Figur im Raum-Zeit-Gefüge beschrieb, wobei sein Innehalten leere Entfernungen erzeugte ... Aber er würde das seltsame Theorem nicht lösen können, wenn er nicht zuvörderst eine Erklärung dafür fand, warum er jedes Mal ins Stocken geriet, sobald eine solche Erinnerung auftauchte; dass er dastand und einen Punkt fixierte, konnte man als Versuch deuten, sich nichts anmerken zu lassen und so zu tun, als würde ihn der Punkt so interessieren, dass er einfach stehen bleiben musste. Aber das Innehalten an sich, die Beziehung zwischen Blamage und Stillstand, blieb dunkel, da er nicht auf psychologische Interpretationen zurückgreifen wollte. Vielleicht lag der Schlüssel dazu ja in der Natur jener peinlichen Momente, in ihrem Wesen oder gemeinsamen Nenner. Wenn das stimmte, dann war hier der Wiederholungszwang in seiner reinsten Form am Werk.

Ging man der Frage weiter nach, kam man natürlich nicht daran vorbei, dass die Blamagen tatsächlich passiert waren. Allen passiert so etwas. Sie sind ein unvermeidlicher Betriebsunfall unserer Vergesellschaftung, und die einzige

Lösung ist das Vergessen. Wirklich die einzige, denn die Zeit läuft nicht rückwärts, und ausbügeln oder ungeschehen machen lassen sie sich nicht. Da er in seinem Fall nicht mit dem Vergessen rechnen konnte (er besaß ein Gedächtnis wie ein Elefant), hatte er seine Zuflucht zur Einzelgängerei genommen, zu einer fast vollständigen Entfremdung von seinesgleichen, was zumindest dafür sorgte, die Auswirkungen seiner unverbesserlichen Tollpatschigkeit und Zerstreutheit gering zu halten. Und die Schlafwandelei musste, auf einer anderen Ebene seines Bewusstseins und seiner Absichten, in die gleiche Richtung zielen; als eine Erlösung a posteriori – wenn es stimmte, dass der Schlafwandler mit der Eleganz vollkommener Effizienz handelte.

Um ehrlich zu sein, musste er zugeben, dass es sich nicht nur um Blamagen handelte; der gemeinsame Nenner erweiterte sich entlang einer eher gewundenen Linie, der nicht leicht zu folgen war. Oder man musste eben die Definition der Blamage weiter fassen: Denn hier ging es auch um kleine Gemeinheiten, Schäbigkeiten, Fehleinschätzungen, Feigheiten, kurz, um alles, was der innerpersönlichen und rückwirkenden Beschämung Nahrung gab. Nicht, dass er sich Vorwürfe gemacht hätte (obwohl es während jener Zwangspausen in ihm schrie: Du Hornochse! Du Hornochse!), denn er war sich ihrer Unvermeidlichkeit im Moment des Vorfalls bewusst. Immerhin blieb ihm der Trost, dass es sich um

Belanglosigkeiten handelte, niemals um Verbrechen, und dass das Einzige, was dabei Schaden nahm, sein Selbstwertgefühl war.

Jedenfalls hatte er sich geschworen, dass ihm so etwas nicht noch einmal passieren sollte. Dafür musste er nichts tun, als nur gut aufzupassen, nichts zu überstürzen und sich stets den Regeln von Anstand und Manierlichkeit gemäß zu verhalten. Bei seiner Tätigkeit als Wunderheiler konnte eine Blamage fatale Folgen haben.

In einem Roman werden Blamagen genau kalkuliert und mit viel Umsicht und Scharfsinn eingefädelt, was umso paradoxer anmutet, da es doch viel unkomplizierter und spontaner wäre, eine Szene zu schreiben, in der sich alle korrekt verhalten. Für Doktor Aira war jeder moralische, intellektuelle oder gesellschaftliche Fehltritt gleichbedeutend mit einem Akt der Gewalt, der in der aufs Äußerste gespannten Haut seines Idealverhaltens klaffende Wunden hinterließ. Er gehörte zu jenen Menschen, denen Gewalt unbegreiflich ist. Obwohl er wusste, wie absurd die Vorstellung war, konnte er nicht anders, als sich einzubilden, er würde, wenn er etwa in eine Räuberhöhle geriete, unter die ruchlosesten Verbrecher, Gewalt vermeiden können, wenn er sich nur vernünftig benahm, mit ihnen redete, ihren Argumenten aufmerksam zuhörte und ihnen seine eigenen darlegte. Selbst wenn die Situation für sie zu sprechen schien, die Räuber ihn beispielsweise dabei überraschten, wie er ihnen nachspionierte … Aber wie sollten sie ihn überraschen, wenn er seine Nase nicht in fremde Angelegenheiten steckte? Er hatte doch geschworen, sich nie wieder in peinliche Situationen zu bringen. Sicher, er konnte irrtümlich in jene hypothetische Höhle geraten sein, weil er sie für leer und unbewohnt hielt; hier kam die Achtsamkeit ins Spiel, dass er stets die Augen offen halten musste, nicht mal blinzeln durfte. Was leichter gesagt ist als getan, obwohl man das durch Übung schaffen konnte, durch Askese, und eben das hatte er sich zum Lebensprogramm erkoren. Dennoch mochte sich der wundersame Fall ergeben, dass er die Augen aufschlug und sich plötzlich in einer Höhle voll geraubter Waren fand, und dass, noch bevor er Zeit zu reagieren hatte, eine Bande abgerissener Gestalten hereinkam … Natürlich bewegte er sich hier auf dem Gebiet reiner Imagination, abseitiger Wahrscheinlichkeiten. Und was hinderte ihn unter dieser Voraussetzung, mit den Räubern eine zivilisierte Unterhaltung zu führen, bis er ihnen erklärt hatte, was passiert war, die Raum-Zeit-Reise, der Somnambulismus …? Aber in diesem Fall wären auch die Räuber Teil der Fiktion, der Theorie, und sein persuasiver Erfolg besäße keine Beweiskraft. Die echte Wirklichkeit war aus Blut und Faustschlägen, Schreien und Türenschlagen gemacht. Auf lange Sicht bekäme der Firnis der Höflichkeit Kratzer, wenn nicht in dieser kausalen Ereignisfolge, dann in einer anderen, einer, die an einer Gabelung der Zeit ihren Ausgang nahm, das war unvermeidlich.

Ein großer Hund, der vor dem Eingang einer Werkstatt lag, richtete sich auf, als er ihn näher kommen sah, und bleckte die Zähne. Augenblicklich brach ihm kalter Schweiß aus. Was für eine unglaubliche Rücksichtslosigkeit seitens der Halter solcher Tiere, sie auf dem Bürgersteig frei herumlaufen zu lassen und auf jede Beschwerde mit dem sattsam bekannten »Er ist lammfromm, er tut nichts« zu antworten. Sie sagen das in aller Offenheit, mit dem Brustton der Überzeugung, ohne auch nur eine Sekunde darüber nachzudenken, dass die restliche Menschheit keinen Grund hat, diese Überzeugung zu teilen, schon gar nicht angesichts einer schwarzen Wolldecke von der Größe eines Motorrads, die über sie kommt …

Seine erste Berührung mit der Welt der paranormalen Medizin hatte mit Hunden zu tun gehabt. Während seiner Kindheit in Coronel Pringles waren diese Tiere seinerzeit auf Anordnung des Polizeipräfekten Uthurralt ausnahmslos und ohne Pardon aus dem Stadtgebiet verbannt worden. Nur die Angst bewirkte (es war die Zeit der schrecklichen Polio-Epidemie), dass dem Befehl trotz der üblicherweise zwischen Herr und Haustier bestehenden Anhänglichkeit Folge geleistet wurde. Zudem besaß die Verbannung nur provisorischen Charakter, obwohl sie sich am Ende auf drei Jahre erstreckte, auch musste niemand sich wirklich seines Lieblings entledigen, da es genügte, sie von der Stadt aufs Land zu verschicken; und in einem Ort, der von der Landwirtschaft lebte, gab es niemanden, der nicht einen Verwandten oder Freund mit einem Hof in der näheren Umgebung besessen hätte, und dort kamen die Hunde unter. Das Problem war nur, dass Pringles' einziger Tierarzt auf diese Weise von seinen Patienten abgeschnitten blieb, und auch wenn er weite Wege in Kauf nahm, um sie zu behandeln (und er hatte keine andere Wahl, wenn er seinen Beruf ausüben wollte), gestaltete sich die Angelegenheit mühselig und teuer. Das machte die Kastration der männlichen Welpen zum Problem, wenn sie geschlechtsreif wurden, Operationen, die unter den gegebenen Umständen von besonderer Dringlichkeit waren. Angesichts der wahrhaft schaurigen Alternative, sie Landarbeitern anzuvertrauen, die nur auf Brachialchirurgie vorbereitet waren, mit glühendem Eisen und ohne die mindeste aseptische Vorsicht, stürzten sich die einen in Unkosten, andere verschlossen die Augen und die meisten zauderten … Diese Gelegenheit nutzte ein ortsansässiger Fotograf, den man El Loco nannte, um ein Geschäft mit Kastrationen auf Distanz aufzuziehen, die, zumal schmerzfrei, seinerzeit in Pringles die große Sensation waren. Doktor Aira, damals ein Kind von acht Jahren, erfuhr davon durch Hörensagen, was die Sache im Hallraum seines kindlichen Umfelds monströs verzerrte. Zu jener Zeit sprach man wenig über solche Dinge, noch weniger in einer respektierlichen Mittelschichtsfamilie wie der seinen; seine Freunde, die alle aus ärmlichen Verhältnissen stammten, deshalb, weil er in einem bäuerlichen Viertel wohnte, litten nicht unter diesem Nachteil, glichen ihn aber durch die erstaunliche Ignoranz und Leichtgläubigkeit ihrer Familien aus.

Die Methode von El Loco war von beispielhafter Absurdität, bestand sie doch in einer recht langen Abfolge von Penizillin-Impfungen, die dem Hundehalter verabreicht wurden, woraufhin sich das Tier in Abwesenheit kastriert fand. So viel zumindest konnte man sich aus den damals kursierenden Geschichten zusammenreimen. Mehr hatte er nie herausfinden können, und vielleicht gab es auch nicht mehr herauszufinden. Er erfuhr auch nie mit letzter Gewissheit, ob sich überhaupt jemand der seltsamen Behandlung unterzogen hatte. Aber diese Auskünfte genügten ihm, um die Möglichkeit einer Einwirkung auf Distanz, einer diskontinuierlichen Wirksamkeit, auf eigene Faust nachzuerfinden, die zwischen ungleichartigen Elementen ein neues Kontinuum erzeugte, und seine gesamte geistige Landschaft bildete sich fortan auf der Grundlage dieser Prämisse. El Locos Methode kam bald darauf im Zuge eines Skandals, der hohe Wellen schlug, außer Gebrauch (wenn denn jemals von ihr Gebrauch gemacht worden war). Auf einem Hof nahe der Stadt wurde nämlich ein Hund ohne Kopf geboren, ein Cockerspaniel, dessen Körper am Hals aufhörte und der trotzdem lebte und zu einem erwachsenen Tier heranwachsen konnte.

Es war unvermeidlich, dass die Einbildungskraft der Leute das eine mit dem anderen in Verbindung brachte, und El Loco, vielleicht selbst erschrocken über die Auswirkungen seiner Machenschaften, ließ das Verfahren vorerst in der Versenkung verschwinden. Was aus dem Hund geworden war, wusste Doktor Aira nicht; er dürfte wie jeder andere Hund zu seiner Zeit gestorben sein. Es gab viele Leute in der Stadt, die ihn sich anschauen gingen (ihn hatte man nicht mitgenommen). Anscheinend war das Tier sehr lebhaft; außer kopflos auch hypermotorisch. Sein Nervensystem kulminierte in einer Knolle am Hals, und dieser Auswuchs war wie ein Rosettastein von Einkerbungen bedeckt, welche Augen, Nase, Mund und Ohren darstellten, und mit diesen Schriftzeichen behalf er sich. Unter anderen Umständen hätte die Tatsache, dass ein solches Monstrum lebensfähig war, die Neugier von Wissenschaftlern aus aller Welt geweckt; man hätte es als eine Art Wunder ansehen müssen. Aber an derartige Wunder waren die Leute auf dem Land gewöhnt – oder besser gesagt, sie waren früher daran gewöhnt, als sie noch abgeschottet lebten, ohne Radio, Fernsehen oder Zeitungen; damals war die ganze Welt die kleine

Welt gewesen, in der sie lebten, und ihre Gesetze ließen Ausnahmen und Ausdehnungen zu, wie die Totalität sie immer zulässt.

Wenn es mit einem Hund hatte passieren können, warum dann nicht auch mit einem Menschen? Die Möglichkeit, die unendliche und unendlich fantastische Möglichkeit, markierte die immer ganz unmittelbaren Grenzen der Vernunft. All die höflichen Vernunftgründe, von denen er sich vornahm, sie den Räubern in der Höhle gegenüber anzuführen, entpuppten sich lediglich als eine mögliche Anrainer-Form der verschiedenen verrückten Gewaltsamkeiten des Lebens. Die Vernunft ist eine bestimmte Art des Handelns, sonst nichts, ohne besondere Vorrechte. Dass er sie ausgedehnt hatte, bis sie alles abdeckte, als Allheilmittel gegen die Übel des Handelns, entsprach lediglich einer persönlichen, sehr symptomatischen Wesensart: Sie kennzeichnete ihn vollkommen, kennzeichnete aber nur ihn selbst und die Täuschung, in der er lebte. Denn diese außerordentlich vernünftigen Menschen, die er so bewunderte und sich zum Vorbild nahm (Mariano Grondona etwa), waren vernünftig nur *pour la galerie*, verdienten sie damit doch ihr Geld, hatten daneben aber noch ein wirkliches Leben, in dem sie nicht vernünftig waren, zumindest nicht ständig und nicht rigoros, den Umständen entsprechend eben, wie es unvermeidlich war. Um zweckmäßig zu handeln, musste man die Sphäre des rein Vernünftigen verlassen, das immer ein abstraktes Schema ohne echten praktischen Nutzen sein würde.

Ausweg bot der Realismus. Natürlich war der Realismus eine Repräsentation, aber eben deshalb konnte er, wenn sich ein vollständiger Diskurs bildete, etwas Spontanes werden, eine Seinsweise. Der Realismus war eine Kurskorrektur des Vernünftigen; die Theorie wies einen Weg in gerader Linie, der realistische Mensch aber, der zu leben verstand, folgte einem indirekten Weg mit Kehrtwenden und Kurven … Wesen und Motor jeder dieser Abweichungen von der geraden Linie war das Böse; unerheblich, ob es sich um ein moderates und folgenloses Böses handelte, seinem innersten Kern nach war und blieb es das Böse und musste es sein, damit die Abweichung Wirkung zeigte, der Realismus zum Zuge kam und mittels des Realismus schließlich die Wirklichkeit in den Blick kommen konnte, die von den bleichen Fantasien der Vernunft ach so verschiedene wirkliche Wirklichkeit … Vielleicht bestand darin, in dieser so überaus segensreichen Zweckmäßigkeit, die Funktion des Bösen.

Über die Luft des stillen Vorstadtmorgens war die Sirene eines Krankenwagens aufgestiegen, der es furchtbar eilig zu haben schien, scheinbar aber auch kreuz und quer durch die menschenleeren Sträßchen irrte, als könne er sein Ziel nicht finden. Man kennt das akustische Phänomen, wonach eine Sirene ganz unterschiedlich klingt, je nachdem, ob sie sich nähert oder entfernt, auch wenn die Entfernung die gleiche ist. Dieser Unterschied erlaubte es Doktor Aira, die verschlungene Route des Krankenwagens nachzuvollziehen. Unbewusst hatte er das schon die ganzen letzten Minuten getan, während er seinen Gedanken und Erinnerungen nachhing, und jetzt, wo der Hund auf ihn zustürzte, begriff er mit Schrecken, dass der immer wieder an- und abschwellende Klang die Figur eines Kreises beschrieb, der sich um ihn schloss ... Schon wieder dieser verdammte Krankenwagen, der ihn im Schlafen und Wachen, in der Fantasie und in der Wirklichkeit verfolgte, immer mit Vollgas und gellender Sirene auf der unscharfen Grenze zwischen beiden Reichen! Glücklicherweise holte er ihn nie ein. Wie in einem Alptraum, der sich nie vollendete und gerade daraus seine Alptraumhaftigkeit bezog, konnte er im letzten Moment, wenn er ihn schon fast erwischt hatte, durch die Mitte des Labyrinths entkommen, ohne je zu wissen, wie ... In diesen Augenblicken höchster Gefahr, wo die Panik bereits die Nähte der Wirklichkeit sprengte, geschah es, dass er das Gefühl der Bedrohung auf ein anderes Element übertrug, so wie jetzt bei dem Hund, um ein Kontinuum zu erzeugen und über diese Brücke auf die Kehrseite der nämlichen Angst zu gelangen ...

Das plötzliche Eskalieren der Sirene in Ultraschall, gepaart mit einer quietschenden Vollbremsung wenige Zentimeter neben ihm, riss ihn aus seiner Träumerei. Die Szene landete unsanft in einer Gegenwart, in der für das Denken kein Platz war. Er brauchte daher einige Sekunden, um zu begreifen, dass der Krankenwagen ihn gefunden hatte und dass er nicht wusste, was er tun sollte. Das Undenkbare war am Ende doch eingetreten. Der Hund, mitten im Sprung von Obertönen getroffen, die außer ihm niemand hören konnte, vollführte eine Bruchlandung mit Purzelbaum und begann, um sich selbst zu kreiseln.

Er wandte den Kopf und sammelte seine zerstreuten Reflexe zur Verstellung, um seinem Gesicht den Ausdruck beiläufiger, fast gleichgültiger Neugier zu verleihen. Zwei junge Ärzte sprangen eben aus dem Krankenwagen und näherten sich ihm mit entschlossenen Mienen (immerhin waren sie noch einen Schritt entfernt), während der Fahrer, ein hünenhafter Schwarzer in Pfleger-Uniform, auf der anderen Seite ausstieg und um den Wagen herumging. Er erstarrte, bleich und der Mund wie ausgetrocknet.

»Herr Doktor Aira?«, sagte der eine der beiden Ärzte in einem weniger fragenden als konstatierenden Ton.

Er nickte knapp. Sich zu verleugnen lohnte nicht. Dass der Krankenwagen ihn nach so langer Zeit, nach so vielen Umwegen, doch noch erwischt hatte, konnte er immer noch nicht glauben. Aber da war er, Gestalt geworden und weiß, auf fast unerträgliche Weise wirklich. Und entriss ihn (das bewiesen die Worte des Arztes) jener großstädtischen Anonymität, mit der man Krankenwagen vorbeifahren sieht …

»Wir suchen Sie schon eine ganze Weile. Sie ahnen nicht, was für Arbeit Sie uns gemacht haben«, sagte er.

»Bei Ihnen zu Hause hieß es, Sie seien spazieren, und da sind wir los, Sie zu suchen …«, sagte der andere.

Der Fahrer, der sich zu der Gruppe gesellt hatte, warf scherzend ein:

»Auf die durchgeknallte Idee, dass Sie einfach geradeaus die Straße langlaufen, sind wir nicht gekommen!«

Die anderen stießen ein gezwungenes Lachen aus, sie wollten zur Sache kommen; alle drei hatten gleichzeitig geredet und fanden, der Einleitungsworte seien schon genug gewechselt.

»Ich bin Doktor Ferreyra, sehr erfreut«, sagte einer der Ärzte und reichte Doktor Aira die Hand, die dieser mechanisch schüttelte. »Wir haben einen verzweifelten Fall, und man hat darum gebeten, Sie hinzuziehen.«

»Kommen Sie, wir reden in unserer ›guten Stube‹ weiter, um keine Zeit zu verlieren.«

Und mit beunruhigender Selbstverständlichkeit befanden sie sich einen Augenblick später im Innern des Krankenwagens und der Schwarze wieder hinter dem Lenkrad, schon rasten sie davon wie der geölte Blitz, mit heulender Sirene, Bäume und Häuser flogen wie Screenshots vorbei, umrahmt vom wütenden Gebell des Hundes ... Doktor Airas Aufmerksamkeit streckte vor diesem Überangebot die Waffen. Die beiden jungen Ärzte redeten die ganze Zeit, abwechselnd oder durcheinander, mit leuchtenden Augen, die kindlich adretten Gesichter glänzend von unsichtbarem Schweiß. Er hörte sie (nur allzu sehr), nahm aber nicht wahr, was sie sagten, ohne dass ihn das gerade im Mindesten gestört hätte, war er doch davon überzeugt, dass sie ein einstudiertes Drehbuch abspulten, das sie beliebig oft wiederholen konnten; vielleicht wiederholten sie es ja bereits. Das Erste, was er sich fragte, als er wieder denken konnte, war, warum er sich in den Wagen hatte verfrachten lassen. Er rechtfertigte das vor sich damit, dass es das Einfachste war und ihm größere Probleme ersparte. Jetzt musste er nur aussteigen und nach Hause gehen; sie würden dieses Theater nicht viel weitertreiben, weil es sonst Entführung wäre und sie Scherereien mit der Polizei bekämen. Seine einzige Sorge war jetzt (und das bildete keine unüberwindliche Hürde), ihren Bitten und Ansinnen zu widerstehen, sich allem zu verweigern.

Wenn ein plötzlicher Zwischenfall ihn aus dem Takt brachte, geriet er immer in heillose Verwirrung; da ihm das ziemlich häufig widerfuhr, hatte er für Abhilfe gesorgt und sich ein kleines Stärkungs-Kit gebastelt, das er stets bei sich trug. Das diesem Hilfsmittel zugrunde liegende Kalkül bestand darin, die Funktionstüchtigkeit seiner Sinne

Stück für Stück wiederherzustellen, im Vertrauen darauf, dass, wenn er nur erst wieder Herr seiner Sinne wäre, die Ideen sich von allein sortierten. Das Kit enthielt: ein Fläschchen mit französischem Parfüm, in dessen Gummipfropfen ein in die Flüssigkeit tauchendes Stäbchen stak, das man herausziehen konnte, um sich damit die Nasenlöcher zu betupfen; ein silbernes Glöckchen, fingerhutgroß, mit einem hölzernen Stiel; einen Talisman in Form eines Teddybären mit Kaninchenfell und Samtmütze, um daran die Fingerspitzen zu reiben; einen Würfel aus Quarz mit phosphoreszierenden Punkten, alle einundzwanzig in verschiedenen Farben; zu guter Letzt ein Pfefferminzbonbon. Es war so praktisch, dass er innerhalb weniger Sekunden von allem Gebrauch machen konnte. Er verwahrte es in einem Blechdöschen, in einer Tasche seines Sakkos. Doch musste er es heimlich verwenden, was bei dieser Gelegenheit unmöglich war, weshalb er es in der Tasche ließ. Außerdem brauchte er kein besonderes Maß an Geistesgegenwart wiederzuerlangen, ganz im Gegenteil. Er wusste, dass er eher dazu neigte, zu viel zu denken, und es konnte passieren, dass er am Ende in seine eigenen Fallen tappte.

Die Falle stellten sie ihm gerade. Er musste nur aus ihr herauskommen. Die Falle bestand darin, ihn zum Nachdenken zu verleiten, bis er davon überzeugt wäre, dass es keine Falle war.

»Pardon, ich habe mich noch gar nicht vorgestellt«, sagte der andere Arzt, »ich bin Doktor Bianchi.«

Sie gaben sich die Hand, ohne dafür die Arme ausstrecken zu müssen, so dicht gedrängt saßen sie auf den Notsitzen im hinteren Teil des Krankenwagens.

Das verriet ihm, dass sie gewillt waren, die Erklärungen wiederaufzunehmen, jetzt mit dem Vorteil, so tun zu können, als würden sie Details ausführen, die sie dunkel oder im Unklaren gelassen hatten. Und tatsächlich hatte Doktor Aira im Folgenden das Wort »Piñero« aufschnappen können, auf das er unbewusst gewartet hatte. Mastermind der ganzen Verfolgung, der sich seine Person und seine Kunst ausgesetzt sah, war der finstere Doktor Actyn, Chefarzt für Inneres am Hospital Piñero. Von dort nahmen alle Angriffe und Hinterhalte ihren Ausgang, und dorthin fuhren sie, in das alte Krankenhaus von Bajo de Flores.

Na gut, worum ging es diesmal? Worum sollte es schon gehen? Er wusste es auswendig: ein Kranker im Endstadium, das Versagen aller herkömmlichen Behandlungsmethoden, die Angst der Familie ... Das thematische Spektrum war begrenzt ... Immer das Gleiche! Das alte Elend, und noch deprimierender, wenn man es aus seinem Kontext von absoluter Wahrheit, Spiel auf Leben und Tod riss ... Denn einem Arzt blieb im Gegensatz zu seinen Patienten immer noch ein Versuch, auch wenn es sich nicht um Fiktion handelte, wie es hier sicher der Fall war. Die Möglichkeit, dass es sich um eine Lüge handelte, vergiftete die Wahrheit bis in ihre Grundfesten, ja die Wahrscheinlichkeit selbst.

Ein dünner Vorhang teilte das Krankenwageninnere in Längsrichtung. Sie zogen ihn auf: Da lag der Patient, festgeschnallt auf einer Trage. Sie hatten ihn tatsächlich mitgebracht! Diese Ganoven schreckten vor nichts zurück! »Im Krieg ist jedes Mittel recht«, mochte Actyn denken.

Die Ärzte beugten sich mit so konzentrierter, so professioneller Sorge über ihn, dass sie Doktor Aira ganz vergaßen: Sie kontrollierten den Tropf, die Iris, die Blutdruckanzeige, die Gehirnstromaktivität, das Gerät für künstliche Beatmung. Der Krankenwagen war eines der neuen intensivmedizinischen Einsatzfahrzeuge. Bei dem Patienten handelte es sich um einen Mann von etwa fünfundvierzig Jahren, den man offensichtlich einer Strahlentherapie unterzogen hatte, denn die linke Schädelhälfte war kahl und das Ohr auf dieser Seite stark verwachsen. Man hätte denken können, er sei echt ... Aber er durfte nicht denken. Er schaute stattdessen durch die Heckscheibe. Sie waren immer geradeaus gefahren, der Straße folgend, auf der sie ihn gefunden hatten, mit unverminderter Geschwindigkeit und ohrenbetäubender Sirene, schossen über die Querstraßen hinweg, über eine erste, eine zweite, eine dritte ... Wo sie wohl jetzt waren? Die Häuser, die wie Sternschnuppen rückwärts davonflogen, waren alle niedrig und primitiv, sahen nach ärmlicher Vorstadt aus. Sie schienen noch immer pausenlos zu beschleunigen.

Seine Aufmerksamkeit kehrte zurück, weil sie ihn ansprachen. Sie entwarfen vor ihm ein klinisches Bild von fatalen Ausmaßen. Die Nonchalance der beiden Quacksalber und das Fachvokabular, mit dem sie um sich warfen, als wären sie zwischen elektronischen Schaltkreisen aufgewachsen, war erstaunlich. Sämtliche Apparaturen um sie herum waren in Betrieb, und sie illustrierten ihre Ausführungen mit Hinweisen auf eine pulsierende Kurve, eine Dezimalzahl, ein Diagramm der zugeführten Insulinmengen. Sie hatten den Patienten in Zonen aufgeteilt, in ein waberndes, dreidimensionales Gitternetz überführt, das wie ein schillernder Gelatinewürfel vibrierte; sie orientierten sich darin mithilfe von Koordinaten, die sie in ihre mobilen Bluetooth-Tastaturen tippten.

»Kannten Sie diese Technik?«, fragte Ferreyra, als er seine Verblüffung bemerkte. »Sie arbeitet mit induzierten Entwicklungshemmern aus dualen Proteinen. Wollen Sie mal probieren?« Er reichte ihm seine Tastatur.

»Nein! Ich fürchte, ich würde nur Unheil anrichten.«

»Sie sehen ja, all diese Wunderwerke der Technik können nicht verhindern ...«

Ja, ja. Macht das einem anderen weis. Wo sich wohl die Kamera befand? Sie zu verstecken war angesichts der vielen

Apparate sicher nicht schwer gewesen, und Actyn dürfte ihn in diesem Moment sehen, umgeben von seinen Handlangern, und alles aufzeichnen. Jetzt verstand er, warum der Krankenwagen immer weiter geradeaus raste, an keiner Ecke abbog: Kurven beeinträchtigten jedes Mal kurzfristig die Bildübertragung, und Actyn wollte sich keine Sekunde entgehen lassen; ein alarmierender Gedanke für Doktor Aira, denn es verriet ihm, dass alles, was sie brauchten, ein kurzer Ausrutscher seinerseits war ...

Was sagten sie gerade? Sie waren zum Kern der Frage vorgedrungen:

»... Ihre Fähigkeiten, Doktor Aira, obwohl von unserem streng rationalen Standpunkt aus betrachtet ...«

Und der andere gleichzeitig:

»... alles, was sich tun lässt, wird getan, die Technik hilft, die Handlungsspielräume auszuschöpfen ...«

Womit er sagen wollte, dass das Aufgebot an unglaublichen Apparaturen dazu beitrug, das Eingreifen von Wunderheilern wie ihm zu beschleunigen, da jetzt die konventionelle Medizintechnik ganz urplötzlich an ihre unüberwindliche Grenze stoßen konnte. Womit er eine Brücke zwischen ihm und ihnen schlug und ihr Ansinnen, doch bitte einzugreifen, plausibel machte.

Und worin konnte sein Eingreifen bestehen? Einen unheilbar Kranken ins Leben zurückzuholen. Ihn am Rand des Todes noch abzufangen. Als wenn daran etwas Besonderes wäre! Geschah das nicht am laufenden Band? Retteten sich nicht alle in letzter Not? Das war der normale Mechanismus der Wechselwirkung von Mensch und Welt: Die Wirklichkeit suchte nach einer neuen Idee, suchte sie verzweifelt, nachdem schon alle Ideen gedacht worden waren ... und fand sie im letzten Moment.

Was sie sich erhofften, war natürlich das Seltsame und Pittoreske des Manövers, das groteske Wunderheilungsritual in all seiner Lächerlichkeit, das sie herausstreichen wollten, die Blamage, die sie über die Regenbogenpresse verbreiten würden, das Scheitern. Und diesen Gefallen würde er ihnen selbstverständlich nicht tun.

Denn das alles entsprach einem medizinischen »Versteckte Kamera«, mit dem Unterschied, dass sie ihn nicht mehr überraschen konnten; sie hatten es so oft versucht, dass ihnen nichts anderes übrig blieb, als auf die »Überraschung der Überraschung« zu setzen, auf den Argwohn, der sich zwischen den Ebenen einschlich.

Er sah sie reden, tauchte in unregelmäßigen Abständen aus der Aufmerksamkeit auf und wieder in sie ein, mit dem Ergebnis, dass ihm die beiden enthusiastischen, fast frenetischen jungen Gesichter, die so dicht vor seinem schwebten, unwirklich vorkamen. Und das waren sie auch, daran bestand für ihn kein Zweifel, wenngleich nur bis zu einem gewissen Punkt; denn sie gehörten zwei menschlichen Wesen aus Fleisch und Blut. Der intensive Einsatz von versteckten Kameras in den letzten Jahren (für Scherze aller Art, aber auch um korrupte Beamte, unehrliche Kaufleute, Steuerflüchtlinge und betrügerische Maulwürfe im Gesundheitswesen zu ertappen) zwang zu einem enormen Verbrauch an Schauspielern, die sich nicht wiederholen konnten, weil die Sache sonst aufzufliegen drohte. Es mussten immer neue auftreten, die nie zuvor auf einer Leinwand oder Mattscheibe zu sehen gewesen sein durften, nicht einmal als Statisten, weil angesichts des gestiegenen Misstrauens, das die Gesellschaft beschlichen hatte, schon ein ephemerer Bekanntheitsgrad genügte, um das Lügengebäude zum Einsturz zu bringen. Und das nämliche, ständig wachsende Misstrauen führte dazu, dass die Schauspieler immer besser und glaubwürdiger agieren mussten. Erstaunlich nur, dass sie nicht ausgingen; zwar brauchten es keine Berufsschauspieler sein (nach dem neuen Beschäftigungsgesetz mussten Schauspieler keinem Berufsverband angehören), aber in Fällen, wo viel auf dem Spiel stand, dürfte es eine heikle Entscheidung sein, einem Laien die Verantwortung über Erfolg oder Misserfolg einer Aktion zu überlassen.

Diese beiden waren wirklich sehr gut; nicht nur, dass sie den Jargon perfekt beherrschten, sie hatten sogar die Gesten und Ticks, das Auftreten und den Tonfall von Ärzten … Und vielleicht waren es echte Ärzte, die aus Überzeugung mit Actyn zusammenarbeiteten; in diesem Fall frisch rekrutierte, denn die Fanatiker der ersten Stunde kannte Doktor Aira samt und sonders. Actyn besaß das nötige Ansehen und Charisma, um immer wieder neue Anhänger für seine Sache zu gewinnen, die er als eine Angelegenheit von Vernunft und Anstand ausgeben konnte. Nun ließ es sich nicht leugnen, dass auch Ärzte Menschen und als solche den Zufälligkeiten unheilbarer Krankheiten unterworfen sind, und jemand, der sich Doktor Aira gegenüber unrühmlich »exponiert« hatte, würde, wenn der verzweifelte Fall einträte, nicht auf seine Dienste zurückgreifen können. Daher blieb Actyn nichts anderes übrig, als seine aktiven Mitstreiter unter der Brut frischgebackener Ärzte zu suchen, die sich am wenigsten Gedanken um ihr persönliches Risiko machten. Das erklärte, warum diese beiden so jung waren.

Natürlich bestand auch die Möglichkeit, dass es sich um einen wirklichen Fall handelte. Eine verschwindend geringe Möglichkeit, äußerst unwahrscheinlich, aber immerhin, es gab sie, als reine Möglichkeit, versteckt unter all den anderen. In einer anderen Zeit, vor der Perfektionierung dieser vermaledeiten Spionagetechniken, wäre es umgekehrt gewesen: Die Möglichkeit, es könnte sich um Theater handeln, wäre so unwahrscheinlich gewesen, dass er sie nicht in Betracht gezogen hätte; damals wurde, was geschah, automatisch für wirklich gehalten. Aber es lohnte nicht, den guten alten Zeiten nachzutrauern, denn die historischen Umstände bildeten einen Block: In den früheren Zeiten wäre alles anders gewesen; man konnte keine Blamagen aufzeichnen und sie urbi et orbi verbreiten, Wunder dagegen wurden wie selbstverständlich hingenommen, weil sich zwischen dem, was Wunder war, und dem, was nicht, noch keine klare Grenze etabliert hatte.

Wenn er sich darauf verlassen könnte, dass eine echte Symmetrie existierte, durfte er vielleicht jetzt, wo diese Grenze klar gezogen war, darauf hoffen, dass ihr Gegenstück sich entsprechend aufzulösen begänne: die Grenze, die das, was Blamage war, von dem trennte, was keine war.

Denn die Blamage war ein Tribut an die Spontaneität und musste ohne sie wie eine Fata Morgana verblassen. In dieser Hinsicht könnte Actyn zu weit gegangen sein und nunmehr auf eine automatische Fruchtlosigkeit aller seiner Versuche zusteuern. Seit er beschlossen hatte, sein Feuer auf Doktor Aira und seine Wunderheilungen zu konzentrieren, hatte er immer zwei Schritte auf einmal gemacht, ohne sich bremsen zu können, eine Folge der Eigendynamik des Krieges, in dem jede Initiative per Definition von ihm ausging. Tatsächlich hatte er die ersten Schritte, die der direkten Konfrontation, der Schmähschrift, Diffamierung und Verhöhnung, im Handumdrehen hinter sich gelassen, waren sie doch zur Wirkungslosigkeit verdammt. Er hatte schnell begriffen, dass ihm auf diesem Gebiet kein Erfolg beschieden sein würde. Die historische Rekonstruktion eines Fehlschlags war naturgemäß unmöglich; lief er doch Gefahr, einen Erfolg zu rekonstruieren. Deshalb verlegte er sich (was ohnehin sein ursprüngliches Vorhaben gewesen war, das einzige, das ihn rechtfertigte) auf den Versuch, die komplette Szene zu inszenieren, sie aus dem Nichts zu erschaffen ... Er besaß keine anderen Waffen als die der Aufführung, und seit Jahren setzte er sie pausenlos ein. Doktor Aira hatte sich, derart ins Visier genommen, daran gewöhnt, wie jemand zu leben, der über vermintes Gelände geht, in seinem Fall Theaterminen, die unablässig explodierten. Glücklicherweise waren es unsichtbare, ungreifbare Explosionen, die ihn wie Luft umhüllten. Aus einem Hinterhalt herauszukommen, bedeutete nichts, denn die Hartnäckigkeit seines Feindes war so groß, dass er von einem Hinterhalt in den nächsten geriet, von einer Aufführung in die nächste erwachte; er lebte in einer irrealen Welt. Nie konnte er wissen, wo sein Verfolger haltmachen würde, und tatsächlich machte er niemals halt, vor nichts. In seinen Augen glich Actyn den Superschurken der Comics, die sich nie weniger als die Weltherrschaft vornahmen ... mit dem einzigen Unterschied, dass es bei diesem Abenteuer um die Welt des Doktor Aira ging.

Dem Gesetz des Kreises entsprechend mündete aber alles in sein Gegenteil, und die Lüge steuerte über die große Kurve auf die Wahrheit, das Theater auf die Wirklichkeit zu ... Das

Authentische, das Spontane befanden sich auf der Kehrseite dieser Transparenzen.

Derweil setzte der Krankenwagen seine Fahrt fort, an seinen Rädern der Hund, der wie tollwütig neben ihnen herkläffte (die Schallwelle des anhaltenden Sirenengeheuls musste das ultrahochfrequente Fernsehsignal übertragen, das das Tier auffing), und die beiden Kittelträger deklamierten unverdrossen weiter. Jetzt kreiste ihr Wechselgesang um den Patienten, seine Lebensumstände, seine Geschichte. Wie war dieser arme Kerl in seine missliche Lage geraten? Auf dem üblichen Wege, den Ärzte täglich bei einem Gros der Bevölkerung beobachten konnten: eine widernatürliche Ernährungsweise und sich verschlimmernde Leidenschaften. Eine fatale Kombination, die für mehr vorzeitige Tode verantwortlich war als irgendein Krieg. Doktor Aira stutzte ob dieses altfränkisch-feierlichen Vokabulars, dachte sich aber, dass ihr Anachronismus ausreichte, um eine zweite Interpretation nahezulegen, auf der anderen Ebene, in die sich alles übersetzen würde, wenn er darauf hereinfiele; aus der »fatalen Kombination« würde dann: Süßwaren-Missbrauch und Begeisterung für Fußballübertragungen.

Jedenfalls erfüllte das, was sie sagten, lediglich den Zweck, als visuelle Vorlage für eine Synchronisation zu dienen, mit der man anschließend die Bilder unterlegen konnte. Vielleicht bestand der Plan sogar darin, ihn mit dem Gesagten zu bestimmten Antworten zu verleiten, die in der synchronisierten Fassung zu Repliken auf andere Sätze werden würden; denn die einzige Stimme, die man unsynchronisiert ließe, wäre seine, aber durch den Kontext, den sie sicher zu manipulieren gedachten, konnten seine Worte einen radikal anderen Sinn bekommen.

Ein Begriff wiederholte sich öfter als andere: »Vegetativer Zustand«. Tatsächlich gab es eine Schwelle der zerebralen Dysfunktion, ab der ein Organismus bloß noch weiterlebte, aber nicht mehr aktiv handelnd, sondern bloß auf seine Umgebung reagierend; er konnte die medizinischen Aktionen dann bloß noch absorbieren, besaß aber keine Möglichkeit mehr, sie entsprechend umzusetzen und in eigenes Handeln zu überführen. Natürlich konnte der Begriff vom Band gelöscht werden, aber wenn er im Krankenwagen ausgesprochen wurde, dann um ihm das Stichwort zu einer bestimmten Antwort zu geben. Actyn musste über seine Gespräche mit Bäumen informiert sein (wie hatte der Mistkerl davon erfahren?) und griff auf dieser Flanke an.

Er erinnerte sich an eine Episode in einem alten Schauerroman: Ein Mönch mit abtrünnigen Absichten forderte als Bedingung für seinen Verbleib im Kloster ein Wunder: eine unmögliche Bedingung, denn er war sich sicher, dass es keines geben würde. Sein Gegenüber erwiderte, wenn nötig würde Gott ein Wunder wirken, um ihn im Schoß des Klosters zu halten, und bat ihn, eines vorzuschlagen. Sie saßen im Klostergarten unter einem majestätischen Baum ... Ein wenig aufs Geratewohl sagte der Mönch: »So möge denn dieser Baum verdorren.« Natürlich war der Baum am nächsten Morgen tot (die Mönche, wahrhaft infernalische Actyns, hatten eine hochwirksame Chemikalie verwendet). Unverbesserlicher Flaneur, der er war, hätte Doktor Aira verlangt, »es sollten sämtliche Bäume von Buenos Aires verdorren«, der ganze Wald seltsamer, sich kreuzender Linien, auf denen er sich täglich verlor. Und das Wunder konnte geschehen! Oder geschah gerade schon ... Immerhin ging der Herbst schon zur Neige.

Er schreckte hoch.

»Hey!«

Wo waren sie? Wo brachten sie ihn hin? Waren sie verrückt geworden? Sollte Verzweiflung Actyn ernstlich bewogen haben, Gewalt in Erwägung zu ziehen? Die Calle José Bonifacio nahm kein Ende, lief immer weiter geradeaus ... Alle Welt nahm an, dass sich die Straßen von Buenos Aires tatsächlich über die Stadt hinaus fortsetzten, ländliches Gebiet durchquerten, zu Straßen ferner Ortschaften wurden, wieder aufs Land hinaus führten ... Jenseits der Fenster, durch die er aus dem Augenwinkel spähte, um die beiden Quacksalber nicht aus dem Blick zu verlieren, zeichnete sich ein unendlicher Raum ab, der die Pampa sein musste. Wenn das stimmte, war etwas geschehen, wo der Spaß aufhörte.

Nichts konnte realistischer und normaler sein als die gerade Linie, und trotzdem konnte sich auf ihr eine Übertragung ins Wunderbare bewerkstelligen. Vor seinem inneren Auge entspann sich eine Vision *en miniature*: Der Krankenwagen auf der Fahrt durch die unendliche Leere, und der Hund bellend neben einem der Räder herlaufend ... Da endlich sprach er, unterbrach mitten im Satz irgendein elaboriertes Gefasel – und sogleich verstummten die beiden, war es doch das, was sie wollten.

»Die Antwort lautet nein.«

»Nein was, Doktor?«

»Ich werde nichts für diesen Mann tun, für niemanden. Ich habe so etwas nie getan, das wissen Sie genau.«

»Aber ihre Gabe, Doktor Aira ... Die Wunderheilungen ...«

»Ich heile weder Wunder noch wundere ich heil! Ich weiß nicht, wovon Sie reden.«

»Wie, das wissen Sie nicht? Und woher haben Sie Ihren Ruf? Warum erheben alle unrettbar Kranken zu Ihnen ihr Flehen?«

»Keine Ahnung. Ich habe nie ...«

»Alles eine Erfindung der Medien? Deshalb suchen wir den halben Morgen nach Ihnen und vergeuden Zeit, die wir besser auf eine Gehirn-OP hätten verwenden können. Sagen Sie nicht, Sie hätten uns nur etwas vorgemacht.«

»Damit habe ich nichts am Hut. Ich will aussteigen.«

Urplötzlich änderten sie ihre Taktik. Die Monitore zeigten Rot und begannen ein Pfeifkonzert, dass einem das Blut in den Adern gefror (bestimmt hatten sie heimlich irgendeinen Knopf gedrückt). Schreiend warfen sie sich über den Kranken:

»Kreislaufkollaps! Der Mann kollabiert! Nichts zu machen!«

Trotz dieses Pessimismus rackerten sie wie die Teufel, schrien sich gegenseitig an, bekamen eine hysterische Krise, wurden geradezu ausfallend. Sie verpassten dem armen Kerl eine Reihe von Elektroschocks, woraufhin er blau anlief, Falten warf, sich krümmte. Der Geruch seltsamer chemischer Substanzen im Innern raubte einem den Atem. Der Schwarze am Steuer drückte wie besessen aufs Gas und schrie sinnlose Befehle über die Außenlautsprecher. Sogar der Hund war verrückt geworden. In diesem heillosen Durcheinander wandte Ferreyra den Kopf und schrie ihm zu:

»Das ist die letzte Chance, Doktor Aira! Tun Sie etwas! Retten Sie ein Leben!«

»Nein, nein ... Ich habe niemals ...«

»Tu was, verdammte Scheiße! Wir verlieren ihn!«

Er rüttelte am Türgriff hinter sich. Er war entschlossen, wenn nötig in voller Fahrt abzuspringen. Wieder änderten sie ihre Taktik. Wie von Zauberhand erloschen auf einen Schlag sämtliche Monitore und verstummten.

»Wir bringen Sie nach Hause, machen Sie sich keine Gedanken. Der Patient ist verstorben.«

»Sie werden uns ein Formular ausfüllen müssen ...«

»Nein.«

»Nur um den Einsatz des Krankenwagens zu rechtfertigen.«

»Das ist nicht mein Bier.«

»Dann guten Tag.«

Sie hatten angehalten. Öffneten ihm die Türen. Als er ausstieg, sagte der Tote:

»Arschloch.«

Er hätte schwören können, dass es die Stimme von Actyn war, den er bisher nur im Fernsehen gesehen hatte. Er trat auf die Straße und schaute sich um. Der Hund war verschwunden, und der Krankenwagen fuhr mit aufheulendem Motor davon. Erst in diesem Moment spürte er, wie eine Welle von Adrenalin ihn durchflutete. Die Zeitverschiebung, wie man sie von Flugreisen kennt, machte sie nutzlos, jetzt, wo die Gelegenheit, diesen Schmierenkomödianten die Fresse zu polieren, verstrichen war. Es war jedes Mal dasselbe, der Sturm der Empörung setzte immer erst hinterher ein, wenn er allein war und sich mit niemandem anlegen konnte außer mit sich selbst. Immer die gleiche Verkettung von Zeit und Blamage. Ein zivilisierter Mensch wie er durfte nicht bedauern, sich nicht auf Handgreiflichkeiten eingelassen zu haben, aber die Frage, ob man ein echter Kerl und nicht ein lichtscheues Mäuschen war, blieb dadurch offen. Er befand sich zwei Straßenzüge weit weg von seiner Wohnung. Er betrachtete die Bäume, die riesigen Platanen auf der José Bonifacio, und sie kamen ihm vor wie Maschinen, die man entworfen hatte, um die Welt zu zermalmen, bis deren Atome freigesetzt wären. So fühlte er sich, und das war die natürliche Folge des Theaters. Wer hatte gesagt, die Lüge führe zur Wahrheit, die Fiktion münde in die Wirklichkeit? Das Verhängnisvolle des Theaters war diese endgültige und unwiderrufliche Auflösung. Darin bestand sein tiefer Ernst, jenseits der schillernden Leichtfertigkeit der Fiktion.

Immerhin war er mit heiler Haut davongekommen. Und das war das Abenteuer dieses Morgens. Wieder einmal hatte Doktor Aira den Nachstellungen seines erbitterten Erzfeinds trotzen können und durfte sein Wunderheilungsprogramm (aber wie lange noch?) weiterverfolgen.

II

In diesem Winter durfte sich Doktor Aira, durch einen Glücksfall materieller Sorgen ledig (er hatte einen größeren Geldbetrag gewonnen, der ihm eine zehnmonatige Auszeit von seinem Broterwerb ermöglichte), mit ganzer Kraft der Bearbeitung und Herausgabe seiner Arbeiten widmen. Die Unbeschwertheit konnte lediglich vorübergehend sein, denn war das Geld erst einmal aufgebraucht, würde er sich wieder nach neuen Einnahmequellen umschauen müssen; aber einmal im Leben wollte er sich doch eine völlige Versenkung in seine intellektuelle Arbeit erlauben, ganz wie ein Mönch oder Gelehrter, den praktischen Aspekten des Lebens überhoben. Wenn er es jetzt nicht tat, wo er fünfzig war, würde er es nie tun.

In letzter Zeit, eine Folge der Reife, hatte er das ganze Ausmaß der Verantwortung zu ermessen begonnen, die ihm als einem Schöpfer symbolischer Materie zufiel (und wer würde derlei nicht auf die eine oder andere Weise andauernd erschaffen?). Denn diese Materie war virtuell ewig, durchmaß die Zeiten, um in deren Verlauf zukünftigen Gedanken Form zu geben. Und nicht allein den Gedanken, sondern allem, was aus ihnen erwuchs. Die Zukunft selbst, der Monolith der Zukunft, war nichts anderes, als was modelliert und eingeschlossen in jenen Formen vorlag, die in der Gegenwart ihren Ausgang nahmen.

Natürlich machen die Transformationen, die das Reisen durch die Zeiten den Formen mitteilt, ihr Schicksal ziemlich unvorhersehbar. Was man auf einem Gebiet tut, kann letztlich seinen Einfluss auf ein anderes ausüben, auf jedes beliebige andere, es mag noch so fern und unverbunden sein. Weshalb seine Bemühungen auf dem Gebiet der Gesundheit im Lauf der Jahrhunderte neue Stilrichtungen in Bereichen hervorbringen konnten, die ihm so fern lagen wie die Astrophysik, der Sport oder die Trachtenkunde. Aber war das von Bedeutung? Der wahre Weltenbauer sät in Veränderung, im Wirbel. Jedenfalls versank er bei dem Gedanken in eine Träumerei, zu der er in Wirklichkeit von Natur aus neigte, in der alles sich in alles verwandelte, in Übergängen schön wie Kunstwerke.

Paradoxerweise ging die Gelegenheit, die er sich selbst verschaffte, eben weil es eine Gelegenheit war, und zwar eine zum Denken, zur Ausformulierung seiner Gedanken ohne Rücksicht auf praktische Erwägungen, mit einer Dringlichkeit praktischen Handelns einher, der nämlich, konkrete Dinge zu tun. Darum ging es, denn das andere, die Theorie, war ja, was er sein ganzes Leben lang getrieben hatte, ohne dass die Herrschaft der Notwendigkeiten ihren Griff für die wenigen Monate gelockert hätte, die ihm genügt hätten, die Theorie in greifbare Gegenstände zu verwandeln. Er befand sich in der Situation eines Dichters, der zehntausend Gedichte verfasst hatte und sich allmählich ernsthafte Gedanken über ihre Herausgabe machen musste.

Dinge. Konkrete Dinge, die man in die Hand nehmen, in einer Schublade verstauen konnte. Immer sang die Welt ein Loblied auf »die jungen Leute, die ihr Ding tun«, und das mit Recht. Denn neunundneunzig Prozent vom Wert der Dinge, der ihnen eigenen Schönheit, steuert die Zeit bei. Ein Kamm dient nur zum Kämmen (einem Kahlen nicht einmal dazu), aber ein Kamm von vor zweihundert Jahren verkauft sich in einem Antiquitätengeschäft als Kostbarkeit, und ein Kamm von vor zweitausend Jahren wird in einem Museum ausgestellt und ist unbezahlbar. Darum lohnt es auch, in der Jugend Dinge zu tun, denn diese sind die einzigen selbstgemachten Sachen, bei denen die Möglichkeit besteht, dass wir sie im Alter von zeitlicher Patina verschönert sehen. Dinge, die man später macht, bleiben künftigen

Generationen vorbehalten, und sie entgehen einem. Doktor Aira hatte die Gelegenheit dazu verstreichen lassen und bereute es bitter. Aber wenn er jetzt, mit fünfzig Jahren, Dinge tat, würde ihm das vielleicht noch einen Hauch von Jugendlichkeit verleihen; vielleicht würde er seinerseits der Zeit etwas geben.

Zunächst galt es, die Herausgabe seiner Wunderheilungs-Heftchen anzukurbeln. Klar, vorher musste er sie schreiben … Zugleich aber brauchte er sie auch nicht zu schreiben, denn im Laufe der letzten Jahre hatte er eine unglaubliche Menge an Heften mit der Entwicklung seiner Ideen gefüllt; er hatte so viel geschrieben, dass mehr zum selben Thema zu schreiben geradezu unmöglich war; selbst wenn er wollte. Oder besser gesagt, es war möglich, sogar sehr möglich; es war das, was er schließlich Jahr um Jahr getan hatte, in dem ständigen »Ideenwandel«, der seine Ideen ausmachte. Weiterschreiben oder weiterdenken, was das Gleiche war, bedeutete so viel wie seine Ideen weiterverändern. Das ging ihm so von Anfang an, seit der ersten Idee. Es gab keinen anderen Weg, wenn er weiter vorankommen wollte, insofern das Thema immer dasselbe war: die Heilung durch Wunder. Fehlender Dogmatismus verbunden mit absoluter Überzeugung gaben seiner psychischen Ausarbeitung des Themas jene Plastizität, die es in einem ewigen Fluss hielt, was ihm allen anderen Wunderheilern gegenüber einen unschätzbaren Vorteil verschaffte, ihn aber im Gegenzug daran gehindert hatte, irgendetwas zu konkretisieren.

Ein damit verbundenes Problem, an dem er sich lange abgearbeitet hatte, war seine prinzipielle Weigerung, Beispiele zu benutzen. Die etablierte Rhetorik in diesem Genre beruhte auf der Schilderung von »Fällen«, von klinischen Fällen, überraschenden Fällen, außergewöhnlichen Fällen ... Weil aber alle Fälle außergewöhnlich waren, selbst die einschlägigsten, war jeder in diesem Rahmen geschriebene Text dazu verurteilt, nicht mehr als eine Abschweifung zu sein. Es wurde unterstellt, man könne kraft der Beispiele zu einer erschöpfenden Veranschaulichung der Idee gelangen. Damit die Idee aber irgendeinen Wert hätte, müsste man sie in immer weiteren Beispielen veranschaulichen können, und wo blieb dann das Erschöpfende? Schlimmer noch, nötigte doch die Beispiel-Methode zu einer hierarchischen Ordnung von Besonderem und Allgemeinem, die in denkbar großem Widerspruch zum Wesen seines Systems von Wunderheilungen stand.

Gleichwohl musste er auf eine Darstellungsweise sinnen, die ein breites Publikum anzusprechen vermochte, und die Gewohnheit der Beispiele war zu tief verwurzelt, als dass man sie völlig vermeiden konnte. Nachdem er die Sache hin und her überlegt hatte, war ihm eine Kompromisslösung eingefallen, die darin bestand, die Beispiele nach einem

»Do-it-yourself-Verfahren« für Leser einzubinden. Er würde sich auf ein einziges Beispiel beschränken, auf einen einzigen »Fall«, und damit die erste Broschüre (oder besser gesagt die Null-Nummer) eröffnen, auf die sich später alle Argumente zurückbeziehen würden, und auf diese Weise die unselige Ordnung von Besonderem und Allgemeinem umkehren.

Dieses Passepartout-Beispiel hatte ihm viel Kopfzerbrechen bereitet. Nicht, es zu erfinden, was leicht war, zu leicht vielleicht, sondern die Beweiskraft, mit der er es einsetzen konnte. Um solche Leichtigkeit zu vermeiden, nahm er das Erste, das ihm in den Sinn kam, und *à la longue* musste er anerkennen, dass er richtig gehandelt hatte. Es war kein Fall im eigentlichen Sinne, eher eine Fabel, zu der er durch ein Paar elastischer Wollhandschuhe inspiriert worden war, die als »Wunderhandschuhe« verkauft wurden; er besaß ein Paar, das er auf seinen Spaziergängen zur Winterzeit benutzte; das »Wunderbare« an ihnen bestand darin, dass sie absolut identisch waren, man sie also unterschiedslos an der linken wie an der rechten Hand tragen konnte. Auch hatten diese Handschuhe eine Einheitsgröße und passten sich sämtlichen Händen an, angefangen bei den Pfötchen eines kleinen Mädchens bis hin zu den Pranken eines Lastwagenfahrers; wie bei der spöttischen Geringschätzung bilateraler Symmetrie verdankte sich ihre Anpassungsfähigkeit der Elastizität des Gewebes, und darin bestand das ganze Wunder.

Was er sich ausmalte, war die Existenz eines einzigartigen Paars echter »Wunderhandschuhe«, hergestellt aus dickem roten Leder, gefüttert mit Angorakaninchenfell, daher sehr voluminös, die die Eigenschaft besäßen, den in sie hineinschlüpfenden Händen (natürlich nur so lange sie darinsteckten) die erhabene klavierspielerische Virtuosität eines Arrau oder einer Argerich zu verleihen ... die aber nutzlos waren, da man verständlicherweise mit Handschuhen nicht Klavier spielen kann, schon gar nicht mit solch unbequemen, polartauglichen Exemplaren. Weshalb ihre wundersame Gabe von der Überprüfung ausgenommen war, und die Theorie, die seinem Tun zugrunde lag, unberührt blieb. Nur vermöge nutzloser Beispiele ließ sich vermeiden, dass die Theorie zum Dogma verkam.

Die Wahl der Heftchen-Form gehorchte den nämlichen Gründen. Bei ihr war er auf dem Rückzug von radikaleren Lösungen gelandet; monatelang hatte er mit der Idee geliebäugelt, seinen Arbeiten die Form eines Sammelalbums mit Abziehbildchen zu geben, den Abziehbildchen der Wunderheilungen, die an Kiosken in verschlossenen Tütchen zu kaufen sein würden ... Aber die Durchführbarkeit stellte sich als zu kompliziert heraus, auch gab es Schwierigkeiten in konzeptueller Hinsicht, weshalb er sich von der Album-Idee schließlich verabschiedete, ebenso von unzähligen anderen Möglichkeiten, die ähnlich gewagt oder noch gewagter waren.

Von diesen Höhenflügen der Fantasie kehrte er zum »Nullpunkt« zurück: zum Buch. Und brach von dort erneut auf, denn das Buchformat mit seiner klassischen Einfachheit, die niemand mehr respektierte als er selbst, setzte ihm zu enge Grenzen. All dieses Hin und Wider war in einem mittleren Punkt zusammengeflossen, der sich in einem wöchentlich erscheinenden Sammelheft konkretisierte. Die Periodizität würde ihm einen Arbeitsrhythmus vorgeben, und der Vorteil gegenüber dem Buch bestand darin, dass er nicht das gesamte Werk beenden musste, bevor er mit der Veröffentlichung beginnen konnte; Letzteres war vor allem deswegen wichtig, weil er nicht an einen definitiven Abschluss seiner Arbeit gedacht hatte; er sah sie vielmehr als ein offenes Werk, das innerhalb eines festen Rahmens seine sich verändernden Ideen, Perspektiven und sogar Launen aufnehmen würde.

Seine Fantastereien eines avantgardistischen Verlegers waren insofern nicht umsonst, da viele der Einfälle, die in ihrem Verlauf auftauchten, in das schließlich gewählte Format Eingang fanden, und für sie alle erwies sich das »Heftchen« als sehr anheimelnd, ein zusätzlicher Grund, sich dafür zu entscheiden.

Ein anderes Charakteristikum, das er wieder aufgriff, waren die Illustrationen. Es entstammte verworfenen Projekten wie dem der Abziehbildchen (und anderen) und verstand sich zugleich von selbst, wenn von Heftchen die Rede war. Wo hat man schon einmal Heftchen ohne Abbildungen gesehen? Irgendwann hatte er von einem in Heftchenform veröffentlichten Wörterbuch erzählen hören, aber abgesehen davon, dass es zu absurd schien, um wahr zu sein, war ein Wörterbuch ideal, um mit Bildchen ausgestattet zu sein, und virtuell enthielt es sie schon, ist doch ein Wörterbuch nichts anderes als ein systematischer Beispielkatalog.

Natürlich würde er sie selbst anfertigen. Nicht im Traum dachte er daran, einen Zeichner um Mithilfe zu bitten, zu groß war seine Angst, die Kontrolle über irgendeinen Aspekt seines Werks aus der Hand zu geben. Er verfügte über passable zeichnerische Fähigkeiten, und täglich übte er sich darin; obwohl ihm alles zur Abstraktion geriet. Nur durch Zufall stellten seine Zeichnungen etwas dar. Trotzdem konnte er wie jedermann ein verständliches Schaubild anfertigen, obwohl er das nur tat, wenn er etwas herzustellen beabsichtigte. Erst kürzlich hatte er ein Heft mit Plänen und Mustern für fantastische Anzüge gefüllt, einige davon in Farbe.

Diese Anzüge, die mit den Wunderheilungen in Wirklichkeit nichts zu tun hatten, insofern es sich um frei erfundene, aufwändig gestaltete Verkleidungen handelte, Produkt seiner überschießenden Fantasie, waren trotzdem Teil des Projekts. Um zu erklären, wie sie das taten (denn auch diese Erklärung hatte er erfinden müssen, rückwirkend), musste er vom Wert eines Textes, eines beliebigen Textes, ausgehen, im weiteren Sinne von dem, was er über die Wunderheilungen würde schreiben können. Im Nachdenken darüber, worauf ihr Wert beruhte, war er zu dem Schluss gelangt, dass eine autobiografische Komponente erforderlich sei. Die durfte nicht fehlen, nicht etwa aus Narzissmus, sondern weil sie das einzige Vehikel war, dem Geschriebenen Dauer zu verleihen; und er wollte, und wie er wollte!, dass das Seinige die Zeit besiegte, erneut nicht aus intellektuellem Narzissmus, sondern weil jenseits der Zeit seine Heftchen den Wert von Antiquitäten bekämen, der ein Wert an sich ist, unabhängig von den ungewissen Werten der Wahrheit, der Intelligenz oder des Stils.

Im Unterschied zu anderen Gegenständen besiegen die Schriften die Zeit nur, wenn sie mit einem Autor verbunden sind, dessen Machenschaften zu Lebzeiten (deren einziges greifbares Zeugnis sie sind) die Neugier der Nachwelt anstacheln. Erzeugt wird diese postume Neugier durch eine Biografie, die seltsame und unerklärliche kleine Ränkespiele enthält, koloriert von einer vergänglichen Erfindung, die sich immer in Aktion, im Zustand des Happenings befindet.

Nun, eines Tages fiel ihm ein, unbeabsichtigt, als er vor dem Fernseher saß, dass es doch sehr schön wäre, ein paar Anzüge anzufertigen, eigentlich eher Drahtgerüste, um sie mit farbigen Stoffen auszustaffieren, außerdem mit Kronen,

Hörnern, Aureolen, Glöckchen, die er im Haus anziehen könnte, wenn er das Bedürfnis verspürte, sich zu entspannen oder zu erholen oder was auch immer; der Grund spielte keine Rolle, denn Ziel dieses Einpersonen-Kleidertheaters wäre es, eine interessante Anekdote zu liefern ... Das Motiv würde sich von selbst formulieren und sein ästhetisch-theoretisch-autobiografisches System perfekt kleiden, indem er zur Herausbildung seines persönlichen Mythos beitrüge. Es spielte keine Rolle, wie blamabel das wäre (selbst im privaten, familiären Rahmen); in gewisser Weise war er bereit, sich für sein Werk zu opfern. Außerdem erreichte man auf diesem Weg ein Niveau, bei dem die Blamage, die Angst, sich lächerlich zu machen und all das, dadurch neutralisiert wurden, dass sie von der genormten und akzeptierten Figur des Extravaganten absorbiert wurden.

Da diese Kleider seiner Idee entsprechend gleichsam architektonische Konstrukte aus Draht und Stoff waren, in die er würde hineinschlüpfen müssen, galt es, sich etwas ausdenken, um sie mit einem Faltmechanismus zu versehen, der es ihm erlaubte, sich zu setzen, sich fortzubewegen und sogar den Lotussitz einzunehmen oder zu tanzen. Entsprechend kompliziert gestalteten sich die Pläne dazu. Und mehr noch: Da sie sehr groß sein würden, sehr sperrig, und die Wohnung, die er mit seiner Familie teilte, schon vollgestellt war, musste er noch ein weiteres Faltsystem ersinnen, damit man sie in einer flachen, stapelbaren Schachtel oder, noch besser, in einer Mappe verstauen konnte.

Die Zeichnungen, die er von diesen Anzügen bereits angefertigt hatte, gaben ihm ein Readymade-Material an die Hand, mit dem er die ersten Hefte illustrieren konnte; dann würde man weitersehen. Es lohnte auch nicht, sich in diesem Stadium über das Thema Gedanken zu machen. Zuvor musste er sich den Texten widmen, und aus ihnen würden sich natürlicherweise die Illustrationen ergeben. Für den Moment reichte es ihm, zu wissen, dass er sie machen würde, und das genügte, damit seine Erwartung sich mit vagen Figuren füllte.

Was den Text betraf, blieb nichts anderes zu tun übrig, als unter seinen Tausenden von Manuskriptseiten auszuwählen und mit der großen Collage zu beginnen. Er konnte mit jedem beliebigen Teil beginnen, einer Einleitung bedurfte es nicht, weil sich die Angelegenheit bereits im kollektiven Imaginären gut dargestellt fand. War doch der Charme dieser Materie dem jener Variationen eng verwandt, die man über irgendeine sehr bekannte Geschichte verfertigt. Nehmen wir eine aus der Bibel, sagte sich Doktor Aira, die von Samson … Eine amüsante Geschichte konnte als Angelpunkt die für die Philister zur Staatsaffäre avancierte Kahlheit haben, denn auf die eine oder andere Weise war jedem klar, dass Samsons Kraft in seinen Haaren begründet lag. Im vorliegenden Fall passierte das Gleiche: Das Leben, der Tod, die Krankheit – niemand, der nicht wüsste, worum es da geht, was einem Spielraum gab, diese köstlichen kleinen Variationen zu verfertigen, die frei erfunden klingen, ohne es zu sein (und dabei dem Autor den exorbitanten Aufwand ersparen, eine neue Geschichte zu erfinden).

Schreiben war etwas, das man nicht am Stück, auf einen Schlag tun konnte. Man musste »dranbleiben«, es möglichst täglich tun, um der Sache einen Rhythmus zu geben ... Der von den Imponderabilien des Materials beeinträchtigte Veröffentlichungsrhythmus regulierte sich durch das Heftchen-Format, das außerdem die Ausgabemenge und den Grundton vorgab, der ein populärwissenschaftlicher war. Diese symbolischen Rhythmen materialisierten sich in gewisser Weise, indem sie dem Rhythmus, in dem die Dinge geschahen, als Rahmen dienten. Denn das – private wie gesellschaftliche – Leben ging unterdessen weiter, und jenes »Andante cantabile«-System verhinderte, dass das wirkliche Leben wie eine belanglose Abfolge dahinplätscherte, da es im Rhythmus nicht nur den allgemeinen Fluss, sondern auch alle seine anekdotischen Details, selbst die heterogensten, einfing. So konnte er darauf vertrauen, dass ihm nichts entgehen, er nichts ungenutzt lassen würde. Ein Vorfall wie der mit dem Krankenwagen, der ihn schrecklich aufgewühlt hatte (so sehr, dass er zusammen mit dem unverhofften Geldsegen zum Auslöser für seine Entscheidung wurde, in Aktion zu treten), war nicht mehr bloß ein weiteres »Beispiel« für die Verfolgung, zu deren Zielsscheibe ihn Doktor Actyns gemacht hatte, um stattdessen zu einer Besonderheit in einem Universum von Tatsachen zu werden, in dem es weder Hierarchien noch Verallgemeinerungen gab.

Angesichts des Charakters von Doktor Airas Methode würde die Veröffentlichung enzyklopädische Ausmaße haben müssen. Und obwohl von »Enzyklopädie« an keiner Stelle die Rede sein durfte, waren die Hefte in ihrer offenen und unendlichen Totalität doch nichts anderes als das, eine allgemeine und totale Enzyklopädie. Darin bestand das Geheimnis der Wunderheilungen, das Geheimnis, dem er, und hierin lag der Kern seines Unterfangens, größtmögliche Sichtbarkeit zu verleihen sich vornahm.

Aus diesem Blickwinkel betrachtet, als Verfassen einer Enzyklopädie sämtlicher Dinge und Zeiten, stellte sich seine Arbeit als eine Bußübung für Übermenschen dar ... Es gab so viel zu tun! Das Leben müsste tausend Jahre dauern ... Eine der im Zuge seiner Planungsfantastereien verworfenen Ideen war gewesen, sich des Formats falscher Werbebroschüren für Heilungen im Abonnementverfahren zu bedienen. Durch eine lebenslange monatliche Gebühr würden die Abonnenten das Recht erwerben, in den Genuss einer Wunderheilung zu kommen, sollten sie einmal einer bedürfen. Wie alle

Projekte, die sein Herz vorübergehend höherschlagen ließen und die fallen gelassen wurden, sobald die Kälte der Vernunft die Brände der Fantasie erstickt hatte, war auch diese nicht spurlos in der Versenkung verschwunden. Alles fand seinen Platz in der Schrift, die aus Spuren gemacht ist, und nicht bloß aus menschlichen Spuren.

Die Schreibdisziplin bestand im Grunde darin, sich aufs Schreiben zu beschränken, auf das Bedächtige, Regelmäßige, Zeitausfüllende dieser Arbeit. Es war der einzige Weg, die innere Angst im Zaum zu halten, die einen andernfalls überkommen konnte – angesichts der ihrem Wesen nach unzähligen, sich selbst hervorbringenden Dinge, von denen die Welt voll war und die auf Schritt und Tritt zum Vorschein kamen. Es gab einen Kontrast, den man als »heilend« bezeichnen konnte, zwischen der zyklischen Regelmäßigkeit des Schreibens, einem immer partiellen Prozess, und der Totalität von Gegenwart und Ewigkeit.

Seit vielen Jahren schon hatte es sich Doktor Aira zur Gewohnheit gemacht, in den Cafés zu schreiben, an denen im Stadtteil Flores glücklicherweise kein Mangel herrschte. Die Fatalität der Gewohnheit war mit verschiedenen praktischen Imperativen eine so weitgehende Verbindung eingegangen, dass er mittlerweile keine Zeile anderswo zu schreiben vermochte als an einem der Tische dieser gastlichen Einrichtungen. Der erbitterte Feldzug, den Doktor Actyn gegen ihn führte, stellte seinen Willen, weiter in ihnen zu verkehren, auf eine harte Probe, waren es doch öffentliche Orte, die seinen Feinden genauso offenstanden wie ihm. Aber wenn er weiter schreiben wollte, blieb ihm nichts anderes übrig. Leichter Verfolgungswahn überschattete fortan jedes Verlassen des Hauses. Es gab Momente, in denen er sich observiert fühlte, und das nicht von ungefähr. Es gab keine direkten Angriffe, und er erwartete auch keine. Aber das Indirekte vermochte viele Formen anzunehmen, und während jener Schreibsitzungen im Camino Real, im Miraflores oder im San José konnte alles Mögliche passieren, oder konnte passiert sein, ohne dass er es mitbekam, wenn einer seiner häufigen Inspirationsschübe ihn allem entrückte. Ihm war völlig klar, dass Doktor Actyn für seine Überwachungs- und Provokationsmanöver jede Sorte Mensch, jede Spielart des Menschseins, rekrutieren konnte; weshalb es nicht infrage kam, einen feindlichen Agenten am Aussehen zu erkennen ... Es ließ sich nicht einmal auf Anhieb sagen, ob jemand ihn beobachtete, weil es in einem Café einfach ist, eine strategische Position einzunehmen, den Blick abzuwenden oder auf eine Spiegelfläche zu richten, ihn auf tausend Arten zu tarnen. Zumindest hatte er eine sichere Methode entwickelt, um festzustellen, ob jemand ihn beobachtete: Sie bestand darin, zu gähnen und den Verdächtigen heimlich ins Visier zu nehmen: Wenn er ebenfalls gähnte, hieß das ja, dass er ihn im Auge gehabt hatte, denn Gähnen ist unfehlbar ansteckend. Natürlich konnte auch jemand gähnen, der ihn in diesem Moment rein zufällig ansah; und in jedem Fall nützte ihm die Bestätigung nichts, aber zumindest wusste er, woran er sich zu halten hatte, und damit war er schon zufrieden.

Zu den »praktischen Imperativen«, die ihn zwangen, außer Haus zu schreiben, zählte die abergläubische Verachtung seiner Frau für seine intellektuellen Aktivitäten, eine Verachtung, die allmählich in Entsetzen umschlug, seit sich Doktor Actyn der Massenmedien bediente, um seine rufschädigende Kampagne voranzutreiben. Immer häufiger machte sie ihm Szenen, beklagte sich darüber, dass man sie erkenne, sie anstarre, mit dem Finger auf sie zeige und sie bald vor Scham nicht mehr auf die Straße gehen könne ... Sie sollte es nicht zu weit treiben, denn er war imstande, sich aus dem Staub zu machen, wie es so viele überforderte Ehemänner vor ihm getan hatten. Es brauchte nicht viel, nicht einmal ihre eskalierende Hysterie. Es genügte, dass ihm eine junge Frau über den Weg lief und er sich verliebte ... Er wollte in der Tat lieben. Seine schlechte Gesundheit schien ihm kein Hindernis mehr. Gerade in der Krankheit wollte er lieben, es schien ihm plötzlich, als sei das die einzig wahre Liebe.

Beim Nachdenken über diesen Punkt kam ihm die Frage: Warum war Doktor Actyn, der zu so vielen Mitteln gegriffen hatte, nicht auf die Idee gekommen, ihn durch eine Frau in Versuchung zu führen? Er hatte ihm Fallen gestellt, die so barock, so gewieft, manchmal so absurd waren … und es nie mit der klassischsten und einfachsten versucht. Ethische Bedenken steckten sicher nicht dahinter, denn er hatte weit Schlimmeres getan. War das etwa nicht die entscheidende Realitätsprüfung? Wie kam es, dass er solches nicht in Betracht gezogen hatte? Besaß er zu großen Respekt vor ihm? Hielt er ihn solchen Versuchungen gegenüber für immun? Wenn das stimmte, irrte er sich gewaltig! Denn so, wie Doktor Aira nach Liebe dürstete, war dieser Versuchung die größte Erfolgsaussicht beschieden, ihn in die Knie zu zwingen. Er würde womöglich selbst dann in die Falle tappen, wenn er wusste, dass es eine Falle war, im Vertrauen auf die Kraft der Liebe. Wäre das nicht die perfekte Romanze, das galante Abenteuer, mit dem sich alle seine Fantasien auf dem Gebiet verwirklichen ließen? Er dachte wirklich, diese Schlacht zu verlieren, würde bedeuten, den Krieg zu gewinnen. Aber aus irgendeinem unverständlichen Grund hatte Actyn darauf verzichtet, über diese Flanke anzugreifen. Fürchtete er, die Liebes-Rakete könnte sich gegen ihn kehren? Oder hob er sie sich für den Fall auf, dass alles andere versagte?

Ohne Liebe war Doktor Aira zu lebenslänglichem Heftchen verurteilt … Aber er musste positiv denken und vor allem die praktischen Aspekte im Auge behalten. Mit Eintritt der Sommersonnenwende, fühlte er, hatte er den Punkt erreicht, ab dem es kein Zurück mehr gab. Er müsste bereits das Layout der Hefte, die Vorlage, entwerfen, die Drucktypen auswählen, das Papier ... Es sollten Heftchen sein, das war entschieden ... Aber Heftchen mit festem Einband. Er konnte vernünftig bleiben, aber nicht zu sehr; etwas von seiner Verrücktheit musste erhalten bleiben. Im Sinn hatte er eine Kartonstärke, die einen Kontrast bilden würde zu den wenigen darin enthaltenen Seiten, von denen er noch nicht wusste, ob es vier oder acht werden sollten, höchstens.

Er hatte auch noch keine Kostenrechnung aufgestellt. Er müsste sie natürlich möglichst im Rahmen halten; eigentlich konnte man nicht von »Kosten« sprechen, denn er würde nichts haben, um sie aufzuwiegen, sprich, wogegen er sie aufrechnen konnte. Das Projekt sah einen Verkauf der Heftchen nicht vor, dafür hätte er ein Wirtschaftsunternehmen aufziehen, sich als Verleger eintragen lassen, Umsatzsteuer und tausend andere Dinge bezahlen müssen, was zu tun ihm nicht im Traum einfiele. Sie sollten verschenkt werden; daran konnte ihn niemand hindern.

Ideal wäre gewesen, wenn er mit einem doppelten Währungssystem wie dem im alten China hätte rechnen können. Damals gab es eine offizielle Währung für die normalen Bürger und eine andere für die Armen, die selbstverständlich die überwältigende Mehrheit der Bevölkerung ausmachten. Der Zusammenhang zwischen beiden, der sich in der Realität nicht herstellte, bestand darin, dass die kleinste Geldeinheit der offiziellen Währung, sagen wir der »Groschen«, in zehntausend Einheiten aufgeteilt wurde; dieses Vielfache bildete die Geldeinheit der Armen, die »Sapeka«. Eine Handvoll Wassermelonenkerne kostete eine Sapeka. Der gesamte Handel in den einfachen Bevölkerungsschichten spielte sich in dieser Währung ab; Arme, Bauern, Kinder benutzten keine andere, und mit diesen bescheidenen Transaktionen war alles zum Überleben Notwendige abgedeckt. Der »Umtausch« fand in der Praxis nicht statt, denn wer würde je eine Million Sapekas anhäufen, um sie gegen eine »Mark« der offiziellen Währung einzutauschen, die im Übrigen in der anderen Lebenswelt von verschwindend geringem Wert war und bestenfalls ausreichte, in einem Geschäft den billigsten Artikel oder in einem Restaurant das einfachste Gericht zu bezahlen? Wohingegen ein armer Mensch mit einem Bruchteil davon, gegebenenfalls nur hundert Sapekas!, die Kosten für Essen, Obdach und die erforderlichen Dienstleistungen eines ganzen Monats bestreiten konnte. Und alle glücklich und gut ernährt.

III

Selbst für jene, die ein routiniertes Leben ohne Zwischenfälle führen, selbst für die Sesshaften und Methodischen, die auf das Abenteuer verzichtet und die Zukunft genau geplant haben, bahnt sich eine riesige Überraschung an, die sie zu gegebener Zeit einholen und veranlassen wird, auf veränderter Grundlage wieder ganz von vorn anzufangen. Die Überraschung besteht in der Entdeckung, dass sie in Wirklichkeit dieses oder jenes sind, das heißt, einen bestimmten menschlichen Typus verkörpern. Zum Beispiel einen Geizigen oder ein Genie oder einen Gläubigen oder was auch immer; etwas, das sie bislang nur vermittels des Bildes kannten, das in Büchern von diesem Typus entworfen wird und das sie nie in letzter Konsequenz ernst genommen, zumindest nicht ernsthaft auf ihre Wirklichkeit anzuwenden in Betracht gezogen haben. Die Offenbarung ist in einem bestimmten Moment des Lebens unvermeidlich, und die Erschütterung, die sie hervorruft (der Mund sperrangelweit, Augen tellergroß, schockstarres Staunen), das Gefühl von persönlichem Weltuntergang, von »Mir ist passiert, wovor ich am meisten Angst hatte«, entspricht exakt dem Ausmaß an Frivolität, die in allem herrschte, was vorher war.

Natürlich gibt es dafür kein bestimmtes Alter: Alles hängt von den individuellen Variablen ab, die darum alles sind, weil der Prozess des Lebens nichts anderes ist als ihre Akkumulation. In der Regel aber geschieht es um das fünfzigste Lebensjahr herum, welches heutzutage der Moment ist, wo einen der Gedanke beschleicht, das alles schon zu Ende ist. In der anschließenden psychischen Anpassungsphase entsteht dem verschreckten Opfer ein zusätzlicher Anlass zur Verbitterung durch den Gedanken, dass ihm die Entdeckung gar nichts mehr nützt, dass sie jetzt eine unnötige Grausamkeit darstellt: Wenn er vor dreißig oder vierzig Jahren darauf gekommen wäre, hätte er im Wissen darum gelebt, wäre auf den Zug der Wirklichkeit aufgesprungen.

Und das passiert auch und gerade dann, wenn sich das fragliche Subjekt ein Leben lang mit dem Typus identifiziert hat, von dem es dann entdeckt, das es ihm entspricht. Und tatsächlich wirkt die Überraschung in diesen Fällen sogar am explosivsten und hinterlässt den stärksten Eindruck.

Das war es, was Doktor Aira in dieser Phase widerfuhr. Es wäre ihm in jedem Fall widerfahren, denn die Zeit dafür war reif, tatsächlich aber wurde diese Offenbarung durch einen Zwischenfall ausgelöst, der seine editorischen Bemühungen unterbrach, bevor sie richtig begonnen hatten.

Er bekam einen Anruf, mit dem Ergebnis, dass er an einem ziemlich vertraulichen Treffen in den Räumen eines eleganten Büros in Puerto Madero teilnahm ... und sich wider alle Erwartung für einen Wunderheilungsprozess angeheuert sah. Noch wenige Tage zuvor hätte er schwören können, niemals etwas Derartiges zu tun, für diese Versuchung nicht mehr empfänglich zu sein, das überwunden zu haben. Gerade sein Entschluss, die Hefte an die Öffentlichkeit zu geben, entrang sich ja der Überzeugung, die Verlockungen der Praxis hinter sich gelassen zu haben. Aber man weiß ja, der Mensch denkt und Gott lenkt.

Verbindung mit ihm aufgenommen hatten die Brüder eines Großunternehmers, seines Zeichens Präsident einer Erdöl-Holding mit weitverzeigten Verbindungen in die Industrie- und Finanzwirtschaft, der sich unverhofft mit einer tödlichen Krankheit konfrontiert sah. Er war keine sechzig Jahre alt und wollte verständlicherweise noch nicht sterben. Niemand will das. Stets klammert sich der Mensch ans Leben, ganz gleich unter welchen Umständen, ob es die Mühe lohnt oder nicht. Und im Fall eines so reichen

Mannes mit schier unbegrenzten Möglichkeiten, aus jedem Tag das Letzte herauszuholen, wird der Wunsch, es zu verlängern, nur noch größer. Die Brüder versuchten, Doktor Aira das auf ihre Weise verständlich zu machen, als wollten sie sich rechtfertigen. Durch ihren Beruf, ihre Ausbildung beschränkt, drückten sie es in ihren Worten so aus: Die Holding war an der großen Privatisierungswelle beteiligt gewesen, und mit Erfolg, sie gehörte zu dem erlesenen Kreis örtlicher Unternehmen, die es geschafft hatten, mit einem konsolidierten Eigenkapital ihr Tätigkeitsfeld zu erweitern und zu diversifizieren, ohne sich zu verzetteln, und sich eben anschickten, die Früchte aus der Konzentration, der Integration in den Mercosur, der Exportförderung zu ernten, jetzt wo ihre Industrieanlagen mit Spitzentechnologie ausgestattet waren ... Sie berauschten sich an der eigenen Beschreibung, obwohl offensichtlich war, dass sie eine Rede wiederholten, die sie auswendig kannten, und es war nicht minder offensichtlich, dass sie dies für einen Laien auf dem Gebiet taten. Ein wenig beschämt kehrten sie zum Ausgangsthema zurück, wiesen darauf hin, dass sie sich nicht selbst, sondern ihren kranken Bruder lobten, Mastermind und Motor sämtlicher Firmenaktivitäten und das natürliche Oberhaupt der Familie. Was sie betonen wollten, war die nicht hinnehmbare Ungerechtigkeit, dass ausgerechnet er gehen sollte, ohne die Früchte seines Talents, seiner Kreativität auf wirtschaftlichem Gebiet, seiner grenzenlosen Energie zu genießen.

Doktor Aira platzte der Schädel, als wäre er mit Natron gefüllt. Auch er schämte sich ein wenig, den Erklärungen mit solcher Aufmerksamkeit gelauscht zu haben, und wollte auf den Anlass zurückkommen, aus dem er hier war. Um welche Art Krankheit handelte es sich? Krebs, bedauerlicherweise. Krebs in allen Ausprägungen. Große Angriffsformationen, polare Metastasen, ein unkontrolliertes Wachstum kranker Zellen. Sie deuteten auf eine Mappe, die auf dem Glasschreibtisch lag.

»Hier sind sämtliche Unterlagen, die Krankengeschichte bis auf den heutigen Tag. Obwohl wir vermuten, dass das nicht Ihrer Herangehensweise entspricht. Hier haben Sie das Dokument des Scheiterns der namhaftesten Onkologen des Landes und der ganzen Welt. Sie machen sich schon nicht mehr die Mühe, die leiseste Hoffnung zu verbreiten.«

»Wie viel Zeit gibt man ihm?«

»Wochen. Tage.«

Sie hatten lange gezögert, sich an ihn zu wenden. Noch länger ging nicht. Sie mussten vor Monaten auf den Zug mit alternativen Behandlungsmethoden aufgesprungen sein, und alle verfügbaren Scharlatane und Handaufleger hatten sich schon die Klinke in die Hand gegeben. Paradoxerweise fühlte er sich geschmeichelt, der Letzte zu sein. Ohne zu merken, wie unnötig das war, schützten sie zur Entschuldigung vage Lügen vor: Der Bruder habe sich mit bewundernswertem Gleichmut allen konventionellen Behandlungen unterzogen und nicht einmal angesichts der niederschmetterndsten Resultate den Mut sinken lassen ... Schließlich habe er sie ermächtigt, es mit der Wunderheilung zu versuchen, und wie schon zuvor, vom ersten Moment an, sei er mit festem Glauben und vollstem Vertrauen dabei: Darauf könne Doktor Aira zählen.

Es war alles gesagt. Er schaute kurz auf die Mappe und schüttelte den Kopf, wie um zu sagen: Die brauche ich nicht, ich weiß schon, woran ich mich zu halten habe. Eigentlich hätte er gern einen Blick hineingeworfen, aus purer Neugier; obwohl er nichts verstanden hätte, weil die Berichte sicher in dem ihm unzugänglichen Ärztejargon abgefasst waren. Außerdem stimmte es, dass er sie nicht brauchte, weil sein Eingreifen auf einer anderen Ebene erfolgte. Der Fall musste abgeschlossen sein, damit er die Bühne betreten konnte, die Krankengeschichte musste ihren Abschluss gefunden haben. Und das war bei diesem Mann allem Anschein nach der Fall.

Kurzum, er nahm den Auftrag an. Warum tat er das? All seinen Vorbehalten und Versprechungen zum Trotz schlug er ein. Einmal mehr bestätigte sich die alte Weisheit »Sag niemals nie«. Er hatte geschworen, er werde es niemals tun (seine Gesprächspartner konnten von diesem Schwur nichts wissen, denn sie nahmen es wie selbstverständlich auf), und jetzt beeilte er sich, zuzusagen, fast noch bevor sie ihr Ansinnen zu Ende vorgetragen hatten. Nun, primär erklärte sich das aus einer Schwäche seiner Persönlichkeit, die ihm im Laufe seines Lebens schon unzählige Probleme eingetragen hatte: Er konnte nicht Nein sagen. Eine unterschwellige Unsicherheit und mangelndes Selbstwertgefühl verwehrten es ihm. Erschwert und zusätzlich plausibel wurde das durch die Tatsache, dass die Leute, die seine Dienste auf Grundlage seiner Fähigkeiten und Talente anfordern konnten, seinem Milieu grundsätzlich fremd und kaum oder schlecht über seine Verdienste und seine Geschichte informiert waren, so dass eine Ablehnung von seiner Seite sie konsterniert hätte und denken ließe: »Was bildet der Typ sich ein, dass er sich so anstellt? Warum machen wir uns die Mühe, ihn anzurufen?« Es war, als könne er sich nur denen verweigern, die über sein System genauestens Bescheid wussten, denen, die bereits mit dem System vertraut waren, aber die würden ihn sowieso nie um eine Heilung bitten oder ihn nicht im Ernst darum bitten.

Einen zusätzlichen Grund gab es, der mit dem vorigen verbunden und die Folge einer weiteren Schwäche war, die, wiewohl weitverbreitet, bei Doktor Aira sehr ausgeprägt war: der Snobismus. Das Büro mit seinen Picassos, seinen chinesischen Teppichen hatte ihn beeindruckt, und die Gelegenheit, mit einer Berühmtheit ersten Ranges in Kontakt zu treten, erwies sich als unwiderstehlich. Zwar hatte er, das stimmt, bis zu diesem Tag noch nie etwas von diesem Mann gehört, und der Name sagte ihm nicht das Geringste. Aber das erhöhte nur die Wirkung. Er wusste, dass es sehr bedeutende Personen gab, die eine Politik des »niedrigen Profils« verfolgten. Und es musste wirklich sehr niedrig sein, damit es für einen Snob seines Kalibers unbemerkt hatte bleiben können. Eine unbekannte Berühmtheit war sozusagen immer schon auf einer anderen, einer höheren Ebene zu Hause.

Aber mehr als alles das, als wäre das Gerede über psychologische Gründe und äußere Umstände lediglich ein Deckmantel, hatte seine Einwilligung einen viel konkreteren Grund: Es war das erste Mal, dass man ihn darum bat. Wie so vielen anderen Erscheinungen unserer von medialer Fiktion beherrschten Epoche war auch ihm der Ruhm vorausgeeilt. Um seine Person rankte sich ein Mythos, und die dem Mythos eigene Mechanik hatte seine Ausübung hinausgezögert, bis ein Punkt erreicht war, wo sie geradezu undenkbar wurde. Es mussten diese reichen Barbaren kommen, komplett ahnungslos, was die subtilen Maschinerien der Esoterik betraf, damit das Unfassliche geschah. Tatsächlich hätte sich Doktor Aira mit dem Hinweis aus der Affäre ziehen können, es läge ein Irrtum vor, ein Missverständnis, er sei doch Theoretiker, fast könne man sagen »ein Schriftsteller«, und dass alles, was ihn mit den Wunderheilungen verband, eine Art Metapher sei ... Gleichzeitig war es aber auch keine Metapher, sondern real, und in diesem Realitätscharakter lag ihre Wahrheit. Das zu beweisen, gab es hier die erste und vielleicht letzte Gelegenheit.

Sie wollten wissen, wann er mit dem Prozedere beginnen könne. Es lag in der Natur der Sache, dass sie es eilig hatten: Es gab keine Zeit zu verlieren. Sie verstanden es, ihre Erkundigung mit einem diskreten Fragezeichen bezüglich der Art seiner Methode zu verbinden, von der sie offenkundig nicht die geringste Ahnung hatten (offenkundig vor allem deswegen, weil niemand sie hatte).

Noch mit dem Schwung des blinden Impulses, der ihn dazu veranlasst hatte, den Auftrag anzunehmen, sagte Doktor Aira, er benötige eine kurze Phase der Vorbereitung.

»Warten Sie ... Heute ist der ... Ich weiß nicht einmal, welchen Tag wir haben.«

»Freitag.«

»Sehr gut, Sonntagabend kann es losgehen. Übermorgen. Passt Ihnen das?«

»Selbstverständlich. Wir stehen zu Ihrer Verfügung«, kurze Pause. Er sah ihnen ihre Neugier an. »Und wie geht es weiter?«

»Es geht nicht weiter. Es ist nur eine Sitzung. Ich rechne mit einer Dauer von ungefähr einer Stunde.«

Sie schauten einander an. Alle zugleich hatten sie beschlossen, keine weiteren Fragen zu stellen. Wozu auch. Einer von ihnen schrieb ihm die Adresse auf ein Stück Papier, dann erhoben sie sich, ernst und reserviert.

»Wir erwarten Sie also.«

»Um zehn Uhr abends.«

»Ausgezeichnet. Irgendwelche Anweisungen?«

»Keine. Bis Sonntag.«

Es ging ans Händeschütteln. Wie zu erwarten, hatten sie sich für diesen Moment des Abspanns die Geldfrage aufgehoben:

»Überflüssig zu sagen ... Ihr Honorar ...«

»Ich berechne nichts. Absolut nichts.«

Er, der so ungeschickt war, wo es um die Dramaturgie von Mimik und Gestik, Formulierungen und Zungenschlag ging, traf in diesem Fall, und nur in diesem, den richtigen Ton.

Selbstverständlich ging es nicht um Geld, für keinen der Anwesenden! Und dennoch ging es um nichts anderes. Das Geld war außen vor geblieben, aber nur, weil es so viel war. Obwohl er es zum ersten Mal mit so steinreichen Leuten zu tun bekam, hatte Doktor Aira mit einer fast instinktiven Sicherheit reagiert, wie nur lang anhaltende Gewohnheit sie verleiht, als hätte er sein ganzes Leben nichts anderes getan, als sich auf diesen Moment vorzubereiten. Es musste ihm in den Genen liegen. Und in der Tat, wenn man so arm ist, wie er es war, verlangt man für seine Dienste von den Reichen nichts, wenn sie so reich waren wie in diesem Fall. Man gibt sich ganz einfach in ihre Hände, gibt sein restliches Leben und das seiner Kinder in ihre Hände. Letztlich standen hier mehrere Millionen Dollar auf dem Spiel. Wo es um eine Frage von Leben und Tod ging, schien es, als übersetzte sich das gesamte Vermögen der Familie in Banknotenbündel, die man in ein Köfferchen legte. Die Summe war so gewaltig, und das, was er fordern oder sich wünschen oder gar erträumen durfte, damit verglichen ein so winziger Bruchteil, dass die Mengen kaum zur Deckung kamen. So sehr er versuchte, nicht an das Thema zu denken (dafür bliebe noch Zeit, wenn er aus der Tür war), konnte er sich ein flüchtiges Rechenspiel in Zusammenhang mit den Heftchen nicht verkneifen. Es war eine Berechnung, die völlig »in der Luft hing«, im Relativen der Fantasie, weil er sich noch von keiner Druckerei einen Kostenvoranschlag eingeholt hatte; just dieser Tage hatte er sich darum kümmern wollen, aber dieser Auftrag hinderte ihn daran; besser gesagt: Er bot ihm eine gute Entschuldigung, dies weiter vor sich herzuschieben. Wie dem auch sei, das Verlegen war sehr billig, und neben den Geschäften, die hier betrieben wurden, nahm es sich aus wie eine Ausgabe, die nicht der Rede wert war. So darüber zu denken, gefiel ihm: Als könne man die finanzielle Seite unter den Tisch fallen lassen. Seinem editorischen Unterfangen verlieh das seine volle

Bedeutung. Während er so fantasierte, wurde ihm bewusst, dass er jetzt ernsthaft über Dinge nachdenken durfte, die er unter der Rubrik »Fantastereien« abgelegt hatte, etwa über den harten, in Hochglanzpapier eingeschlagenen Einband und die ganzfarbigen Abbildungen. Der Sprung vom Großen zum Kleinen, vom Vermögen dieser Magnaten zu seinen Transaktiönchen mit irgendeiner Stadtteildruckerei war so gewaltig, dass darin alles möglich schien: jeder erdenkliche Luxus, Ausklappseiten, pflanzliche Tinten, transparente Schutzblätter, Ausstanzungen ... Nicht, dass er es sich versagt hätte, über diese Möglichkeiten nachzudenken: Man könnte fast sagen, dass er fast nichts anderes getan hatte. Aber er hatte es, selbst wenn er sich auf praktischere Details einließ, in Begriffen von praxisferner Fantasie getan. Jetzt griff plötzlich die Wirklichkeit ein, und es war, als müsse er seine alten Träumereien wieder aus der Versenkung holen, jede Nuance einer jeden Phase seiner Träumereien erneut überdenken. Er konnte es nicht abwarten, zurück in seiner Wohnung in Flores zu sein, seine Mappen mit Notizen zu den Heftchen aufzuschlagen und die Notizen alle noch einmal genau durchzugehen, weil sie sich, davon war er überzeugt, im Licht der Wirklichkeit von einer ganz neuen Seite zeigen würden. Um Zeit zu sparen, nahm er ein Taxi. Dieses eine Mal gönnte er sich den Luxus, nicht auf die groben Versuche des Taxifahrers einzugehen, ihn in ein Gespräch zu verwickeln; es gab zu viel, worüber er nachdenken musste. Klar, er hatte das Geld noch nicht, hatte es sogar im Voraus abgelehnt. Was, wenn ihn diese Leute in ihrer pfeffersäckischen Empathielosigkeit beim Wort nahmen? Das war nicht unwahrscheinlich, eigentlich sogar das Wahrscheinlichste der Welt. Aber es lohnte nicht, sich jetzt darüber den Kopf zu zerbrechen.

An jenem Sonntag, zehn Uhr abends:

»Ring, tingeling, tingelang.«

Ein Dienstmädchen in Uniform öffnete ihm die Tür. Es war ein riesiges, hochherrschaftliches Haus in der Recoleta. Man führte ihn in einen kleinen Seitenraum, wo er auf einen der Brüder traf, außerdem auf eine Dame im Rollstuhl, die dieser ihm als die Mutter vorstellte. Von der Eingangshalle aus hatte Doktor Aira flüchtig im Halbdunkel liegende Salons gesehen, mit edlen Möbeln und Gemälden an den Wänden. Es war das erste Mal, dass er ein so vornehmes Haus betrat, und er hätte es sich gern nach Belieben angeschaut, ohne Eile. Aber das war nicht der Moment. Oder doch? Während er belanglose Begrüßungsfloskeln wechselte, dachte er, dass ihm in Wirklichkeit nichts verboten war, nicht einmal, in aller Ruhe durch jene Salons zu schlendern; denn sie wussten nichts von seiner Methode und konnten dementsprechend mit allem Möglichen rechnen, etwa dass er ihnen sagte, es sei notwendig, dass alle das Haus verließen, einschließlich des Dienstpersonals, weil er mit dem Patienten ein oder zwei Stunden allein sein müsse. Sie würden annehmen, dass er irgendeine Art von invasiver, potenziell gefährlicher Strahlung einsetzte, und sich schleunigst davonmachen, die an den Rollstuhl gefesselte Alte im Schlepptau, würden in ihren Mercedes steigen und vorübergehend im Haus eines der Brüder Zuflucht suchen. Überhaupt, ihnen konnte es doch egal sein! Und er hätte während dieses Zeitraums das Haus für sich allein, als wäre er der Hausherr; ihm schoss der Gedanke durch den Kopf, einen wertvollen Gegenstand mitgehen zu lassen, doch verwarf er das als eine ziemlich schäbige Antiklimax.

Jedenfalls verriet ihm dieses Interieur die Antwort auf ein Rätsel, das sich ihm erst jetzt stellte, wo er schon die Lösung ahnte. Was taten seine Zeitgenossen, wenn er nichts von ihnen wusste? Was taten die großen, von ihm bewunderten Schriftsteller oder Künstler in den manchmal sehr langen Perioden, in denen sie kein Buch vorstellten, keinen Film drehten, keine Ausstellung eröffneten? Durch den Umgang mit Büchern war er daran gewöhnt, sich die großen Namen als tote Individuen zu denken, aus dem einfachen Grund, weil sie es in der Regel waren: Damit ihre Werke oder ihr Ruhm zu ihm vordrangen, hatte erst eine gewisse Zeit verstreichen müssen, und noch mehr, bis er sich entschloss, sich in sie zu vertiefen; und diese Verzögerung reichte in den meisten Fällen aus, war lang genug, damit der Zyklus eines Menschenlebens sich rundete. Weshalb er innerlich zusammenzuckte, wenn er gelegentlich erfuhr, dass dieser oder jener berühmte Mensch am Leben war, einfach lebte, ohne etwas von dem zu tun, weswegen er berühmt war. Es entstand eine Art Leerintervall, in dem das Wesen des Ruhms sich selbst verleugnete. Er konnte sich das nie erklären, weil er in Wirklichkeit nie darüber nachgedacht hatte, aber jetzt wurde es ihm schlagartig klar: Was sie taten, war leben, wenn auch nicht einfach so, das wäre eine Binsenweisheit gewesen, nein, sie genossen das Leben, praktizierten »die Kunst des Lebens«, in solchen oder auch weniger luxuriösen Häusern, jedenfalls mit all den Annehmlichkeiten, die es brauchte, um es sich gut gehen zu lassen und sorgenfrei die Zeit auszufüllen. Wegen einer Verknüpfung zwischen Überlegung und Vorstellungskraft fühlte er in diesem Moment, das er fortan das Gleiche tun könnte.

Er hatte sich kaum hingesetzt, als er auch schon wieder aufstehen musste, weil die anderen Brüder hereinkamen, um ihm mitzuteilen, dass der Patient jetzt wach sei und ihn erwarte. Da sie sich nicht setzten, nahm auch er nicht wieder Platz. Sie sagten, sie hätten den Zeitpunkt für die Injektion vorverlegt, damit ihr Bruder abends um zehn bei klarem Verstand sei. Sie wussten nicht, ob das nötig wäre, aber er selbst habe es so gewollt.

»Perfekt«, sagte Doktor Aira, um irgendetwas zu sagen und ohne die Erklärungen zu geben, die sie sicher erwarteten.

Im Handumdrehen, er wusste selbst nicht wie, befanden sie sich im Treppenhaus und auf dem Weg zum Schlafzimmer. Der Augenblick der Wahrheit rückte näher.

Und die Wahrheit war, dass er noch gar nicht abschließend entschieden hatte, was er tun würde. Er hatte die vergangenen zwei Tage damit zugebracht, mögliche Szenarien durchzuspielen, in derselben Ungewissheit wie in den ganzen letzten Jahrzehnten, seit jenem fernen Tag seiner Jugend, als er die Eingebung mit den Heilungen gehabt hatte. Die Idee hatte sich seit damals mehr oder weniger unversehrt erhalten, wenn man von den Wechselbädern des Zweifels und der Begeisterung absieht, wie sie bei einem wahrhaft originellen Konzept normal sind. Sie war der Mittelpunkt seines Lebens gewesen, die Achse, um die seine Lektüren, seine Grübeleien, seine breit gefächerten Interessen kreisten. Um ihr diese zentrale Position zu sichern, hatte er sie natürlich mit einer Plastizität ausstatten müssen, die jedweder Definition standhalten konnte. Immer stand sie ihm vor Augen, wie die sprichwörtliche Möhre, die man dem Esel vorhängt, und wies seiner lang anhaltenden Flucht nach vorn die Richtung. Ihr verdankte er sein Leben, das Leben, das er letztlich geführt hatte, und darum war er ihr dankbar. Er konnte sich nicht über sie beklagen, nur weil sie sich in diesem entscheidenden Moment weigerte, ihm praktische Anweisungen zu geben. Er wollte nicht so undankbar sein wie jene berühmt berüchtigten Schnorrer, die sich zwanzig Jahre lang von einem großzügigen Freund aushalten lassen und wegen einer einzigen Gelegenheit, in der er ihnen nicht willfahren kann oder will, den Stab über ihn brechen.

Außerdem hatte er sich an diesem untypischen Wochenende immer wieder gesagt, ihm werde schon etwas einfallen. Nicht, dass er übermäßiges Vertrauen in seine improvisatorischen Fähigkeiten besaß, denen zu misstrauen er im Gegenteil gute Gründe hatte. Aber er wusste, er würde auf die eine oder andere Weise aus der Sache herauskommen, raus kommt man ja immer. Es musste nur Zeit vergehen, und das tat sie ganz unvermeidlich. Streng genommen ging es nicht darum, zu »improvisieren«, vielmehr musste er im waldigen Schatz seiner lebenslangen Überlegungen den entscheidenden Kniff und Gestus finden. Es war weniger Improvisation als mnemotechnische Spontaneität. Die Bewertung der Ergebnisse war eine andere Sache. Dafür würde er schon noch Zeit finden. Schließlich war es, wenn es schief ging, sein erster und letzter Fehlschlag.

Die Tür zum Schlafzimmer. Sie wurde geöffnet und er mit einem Nicken aufgefordert einzutreten. Er tat es ... Und es war, als beträte er eine andere Welt, unvergleichlich viel deutlicher und wirklicher, eine Welt reinen, kompakten Handelns, wo für das Denken kein Platz blieb und wo das Denken gleichwohl dazu bestimmt war, am Ende zu obsiegen.

Im ersten Moment schockierte ihn die starke und sehr grelle Beleuchtung; sie erschien ihm übertrieben, obwohl das am Kontrast zum trauervollen Halbdunkel im übrigen Teil des Hauses liegen mochte. Aber auch so war es nicht das, was man von einem Krankenzimmer erwartet hätte, allenfalls von der Atmosphäre eines Operationssaals. Da sich sein Blick sofort auf das Bett und den darin liegenden Mann richtete, konnte er nur an den Ausläufern seiner Aufmerksamkeit einige der Gegenstände registrieren, die für ein Hightech-Ambiente sorgten und die starke Beleuchtung erklärten.

Der Mann im Bett rechtfertigte Doktor Airas ungeteiltes Interesse in höchstem Maße. Nie zuvor hatte er jemanden gesehen, der dem Tod näher gewesen wäre. So nah, dass er sich bereits seiner sämtlichen Attribute entledigt und auf das rein Menschliche reduziert hatte. Diese Entledigung entfernte ihn aber wiederum vom Menschlichen. Der erste Eindruck sagte ihm, dass es zu spät war. Wenn noch eine Möglichkeit bestand, ihn ins Leben zurückzuholen, dann musste der Weg über eine seiner Eigenschaften führen. Und man würde nicht meinen, dass noch eine übrig war; er selbst hatte vielleicht im Prozess der geistigen Vorbereitung auf den Tod den durch die Krankheit in Gang gesetzten »Kehraus« komplettiert. Aber so war es nicht. Sie mochten noch so viel bewirkt haben, er und der Krebs, aber ein Attribut blieb ihm doch: der Reichtum. Er mochte alle Bande zum Leben gelöst haben, war aber weiterhin der Herr dieses Hauses, seiner Ländereien und Fabriken. Und das reichte, besaß doch das Geld die wundersame Eigenart, alles Übrige einzuschließen. Ganz ohne Zweifel musste er da ansetzen.

Der Gedanke genügte, damit er wieder in der Wirklichkeit Fuß fasste. Er schaute sich um. Das Zimmer war groß, und viele Personen standen herum, von denen er, abgesehen von den Brüdern des Patienten, niemanden kannte. Alle Augen waren auf ihn gerichtet, aber keiner machte Anstalten, sie ihm vorzustellen, weshalb er sich darauf beschränkte, mit einem Kopfnicken in die Runde zu grüßen, und seine Aufmerksamkeit auf den Raum und das Mobiliar konzentrierte. Es gab Stühle, Sessel, Tische, Bücherregale und eine beträchtliche Anzahl elektronischer Geräte. Obwohl sie das Auffälligste waren, dauerte es eine Weile, bis er zwei hochmoderne, auf Stative gepflanzte Fernsehkameras entdeckte, eine auf jeder Seite des Bettes, mit den entsprechenden Kameramännern, zwei jungen Leuten mit drahtlosen Kopfhörern. Zum selben Ensemble gehörten offensichtlich die eingeschalteten Scheinwerfer, an strategischen Punkten positionierte Mikrofone in großen, fellbezogenen Windkörben, schallschluckende Paneele und ein Toningenieur, der an der Wand vor einem Pult mit unzähligen Knöpfen saß. Irritiert fragte er sich, ob es üblich war, er nur noch nichts davon gehört hatte, die letzten Tage bedeutender Leute aufzuzeichnen. War es nicht, wie er sofort erfuhr, weil einer der Brüder, als hätte er seine Gedanken gelesen, zu ihm sagte:

»Wenn es Ihnen nichts ausmacht, würden wir Ihre Arbeit gern filmen.« Und ohne ihm Zeit zum Antworten zu lassen, fügte er rasch hinzu: »Nur um uns den Aktionären gegenüber abzusichern, für alle Fälle.«

Doktor Aira stammelte eine Antwort, und weil er dabei nach unten schaute, bemerkte er, dass keine Kabel über den Boden liefen, was ihm sehr zupasskam, da er sonst bestimmt gestolpert wäre.

Auf einen diskreten Wink des Bruders, der gefragt hatte, näherten die Kameramänner ihr eines Auge dem Sucher, und an beiden Apparaten erglommen rote Lämpchen. Als hätte man in seinem Körper einen Schalter umgelegt, war es mit Doktor Airas Natürlichkeit vorbei. Von dem Moment an stimmte das, was an seiner Oberfläche geschah, nicht länger mit seinen psychischen Episoden überein, die, von den Einschränkungen des Ausdrucks befreit, eine eigene Dynamik entwickelten. In gewissem Sinne konnte er das Außen als nichtig betrachten: die Krankenschwestern, die Verwandten, die Platz nahmen, wie um einem Konzert zu lauschen, und ein Grüppchen von Jugendlichen, die ihn mit leicht missbilligenden Mienen ansahen. Was scherte ihn das! Seiner Natürlichkeit beraubt, spürte er, dass ihm alles erlaubt war.

Er näherte sich dem Bett. Der Mann lag ausgestreckt auf dem Rücken, Kopf und Schultern auf dicken Kissen. Die Arme über dem hellblauen Laken in Höhe des Herzens verschränkt. Eine Uhr trug er nicht. Dafür an der rechten Hand einen dicken goldenen Ehering.

Seine Züge waren zu einer leicht übellaunigen, unwirschen Miene geronnen. Auf dem Kopf hatte er kein einziges Haar. Er sah ihn auch seinerseits an, doch zeigten seine Pupillen keinerlei Regung. Doktor Aira versuchte, in diesen Augen, die ihn fixierten, zu lesen, und das Einzige, was ihm durch den Kopf ging, war die melodramatische Vorstellung, dass sie die Stofflichkeit des Todes hatten. Der Tod ist immer nah, und seine Formen und Farben bewohnen die Bilder der Welt, zeigen und verbergen sich zugleich, wirken, übertrieben sichtbar, wie ein Narkotikum für die Aufmerksamkeit. Man sieht nur, was man sehen will. Es ist, als wäre das Verschwinden Teil der Erscheinung. Manchmal braucht es ein Wort (das Wort »Tod«), damit Volumen und Perspektiven hervortraten. In diesem Fall war das Wort ausgesprochen worden, und Doktor Aira begriff, dass nur von ihm ausgehend Aussicht auf Erfolg bestand. Den Mann als tot anzusehen, war der einzig gangbare Weg; die Handlung des Lebens hatte sich erschöpft, und mit ihr alle spirituellen Behandlungen und

Heilmittel; er konnte sie nicht nur als abgeschlossen betrachten, er musste es auch tun und von der anderen Seite anfangen. Eine andere Art anzufangen gab es nicht.

Eine Idee reifte in seinem Kopf, und ihre Phasen überstürzten sich kaskadenartig. Eigentlich trieb ihn niemand zur Eile, er selbst hatte sich auf die Zeit kapriziert. Er fragte sich, ob er genügend Platz hätte. Er wandte die Augen von seinem Patienten ab, auf den sie geheftet waren, und indem er das tat, spürte er, dass er etwas von seiner Kraft verlor. Einmal in Schwung, arbeitete es trotzdem in ihm weiter. Rechts von ihm befand sich in der Wand zur Straße eine große Glastür, verdeckt von dicken Gardinen aus dunkelrotem Samt. Er näherte sich ihr, fand die Kordel, die den Vorhang seitlich aufzog, und öffnete beide Flügel: Sie führte auf einen Balkon. Er trat nicht hinaus (er fürchtete, sie würden denken, er wolle sich hinunterstürzen), warf aber einen Blick nach oben. Gegenüber sah er zwischen zwei hohen Gebäuden einen vertikalen Streifen bestirnten Himmels. Er ließ die Tür offen und kehrte ans Bett zurück. Die Nacht war kalt, und das machte sich bemerkbar; aber niemand beschwerte sich. Er sah dem Patienten in die Augen, um seine Batterien aufzuladen. Er bedurfte seiner ganzen Stärke für das, was er sich zu tun vornahm.

Es war eine alte Idee, die in all den Jahren seiner Beschäftigung mit Wunderheilungen am Grund seines Bewusstseins geschlummert hatte. Zwar hatte er sich bei seinen Aufzeichnungen keiner chronologischen Strenge befleißigt, auch waren die Papiere tausendfach immer und immer wieder durcheinandergeraten (und seine Ideen waren die Anmerkungen zu seinen Ideen), er hätte es daher nicht beschwören können, aber ihm war so, als sei es die erste Idee zum Thema gewesen, die ursprüngliche Wunderheilung. In welchem Fall es gemäß dem Gesetz des sinkenden Grenzertrags die beste war. Die Überlegung, auf der sie beruhte, war, etwas vereinfacht gesprochen, folgende:

Ein Wunder würde im Fall seines Eintretens die möglichen Welten in Bewegung setzen, da ja eine Unterbrechung der Kausalkette in der Wirklichkeit nicht eintreten konnte, ohne dass sich eine andere Kette herausbildete und mit ihr eine andere, andersartige Totalität. Aber insofern es sich um alternative Welten handelte, blieb die Operation eine unpraktische Fantasie. De facto war die Welt bloß eine, und daher rührte der unanfechtbare Einspruch gegen das Wunder. Und tatsächlich, es gab keine Wunder, das konnte jeder, der ein bisschen gesunden Menschenverstand besaß, bestätigen. Wer wie Doktor Aira nicht einmal an Gott glaubte, konnte diesbezüglich nicht den geringsten Zweifel hegen. Dass es keine bereits geschehenen Wunder gab, hieß aber wohlgemerkt nicht, dass sie nicht geschehen könnten; der Aberglaube, die Unwissenheit, die Leichtgläubigkeit bestanden darin, zu denken, Wunder könnten sich einfach so ereignen, in der Natur. Sie zu erzeugen, herzustellen, als Artefakte oder, noch besser, als Kunstwerke, war allerdings möglich. Dafür musste man nur die Dimension der menschlichen Zeit einbeziehen, was sich leicht bewerkstelligen ließ, da die Zeit durch ihr schieres Gewicht an allem menschlichen Tun beteiligt war, erst recht an Tätigkeiten, die mit großen, fast übermenschlichen Anstrengungen und Schwierigkeiten einhergingen. In Begriffen des Praktischen und Alltäglichen bewirkte die Zeit eine fortwährende Mutation der Welt. Es vergeht eine Minute oder eine Hundertstelsekunde, und schon ist die Welt eine andere, aber nicht eine andere aus dem Katalog möglicher Welten, sondern eine andere möglich-wirkliche, also dieselbe, weil sie denselben Grad an Wirklichkeit besitzt. Und »dieselbe« heißt so viel wie »die einzige«. In dieser Selben im Wandel, auch »das Wirkliche« genannt, funktionierte Doktor Airas Idee, Wunder zu wirken.

Unter diesen Bedingungen war ein Wunder einfach etwas Unmögliches. Es wurde indirekt erzeugt, ex negativo, indem man alles, was nicht mit ihm in Einklang stand, aus der Welt verbannte. Wenn man bewirken wollte, dass sich ein Hund in die Lüfte erhob, musste man lediglich sämtliche, ausnahmslos alle Tatsachen ausschließen, die mit einem flugfähigen Hund unvereinbar wären. Aber was waren nun diese Tatsachen? Die Frage betraf den Kern der Angelegenheit: ihre korrekte und erschöpfende Auswahl. Es galt, ein weites Feld abzudecken: Nichts weniger als die Totalität des Universums. Vorgefasste thematische oder formale Grenzen gab es nicht; der Erstreckungsgrad des »Komponiblen« war geradezu total. Noch die abseitigste Tatsache oder Eigenschaft – oder die Konstellation von beidem – mochte Teil der großen Figur sein, innerhalb derer das Wunder stattfinden konnte oder nicht. Man durfte auch nicht einzelne Ebenen betrachten, da die Linie alle durchlaufen konnte, nach oben oder unten (oder nach den Seiten). Es ging einfach darum, die größte aller Enzyklopädien aufzubieten und daraus die passende Liste zu erstellen. Wer konnte das tun? Die übliche Antwort, jene, die man seit Menschengedenken zu geben pflegte, war: Gott. Insofern wäre das Wunder weiter an sein Machtwort gebunden. Doktor Airas Originalität bestand nun in dem Postulat, dass auch der Mensch dazu in der Lage sei. Der Gedanke war ihm gekommen, als er einmal eine beiläufig geäußerte Überlegung seines Freundes Alfredo Prior, des Malers, aufgeschnappt hatte. Auf Gemälde (vielleicht von Picasso oder Rembrandt) bezogen hatte Alfredito gesagt: »Kein Meisterwerk ist vollkommen, irgendwo findet sich immer eine Schwachstelle, ein Fehler, wurde gepfuscht.« Das mochte eine konkrete Beobachtung sein, war aber auch eine tiefe Wahrheit, die Doktor Aira im Herzen bewahrte. Das menschliche Handeln schloss Unvollkommenheit nicht nur ein, sondern musste im Bemühen um Wirkung von ihr ausgehen. Der Kleinmut in der Frage des Wunders rührte daher, dies nicht anzuerkennen. Wenn man dagegen den Irrtum akzeptierte, war ein Wunder so leicht (oder auch so schwer) zu erschaffen wie ein Meisterwerk der Kunst. Man musste sich einfach nur etwas Zeit geben. Gott konnte in einem Augenblick die gesamte Enzyklopädie durchgehen und die richtige Auswahl treffen; der Mensch brauchte Zeit (sagen wir, eine Stunde) und musste sich bei seiner Auswahl eine gewisse Fehlerquote zugestehen und darauf vertrauen, dass dabei keine entscheidenden Fehler unterliefen. Im Grunde hatte dieser Mechanismus seinen Präzedenzfall in der Art, wie Menschen täglich funktionierten, sprich: in ihrer Aufmerksamkeit, die auch die Welt auffächerte und trotz ihrer häufigen Irrtümer den erforderlichen Grad an Effizienz besaß, damit ihr Träger überleben und es sogar weit bringen konnte.

Bis hierhin war die Idee gediehen, und das genügte. Die ganze Herleitung der Wirklichkeit des Wunders lag darin beschlossen. Auszuarbeiten blieb nur noch (aber das schon für die Heftchen) der historische Aspekt der Sache, die Frage also, warum es im Licht dieser Entdeckungen Epochen oder Produktionsweisen gab, in denen es von Wundern nur so wimmelte, und andere, in denen sich kein einziges ereignete.

Offen geblieben war bis jetzt auch der praktische Aspekt im engeren Sinn, das heißt, wie man es konkret anstellte, nachdem die Möglichkeit erst einmal erwiesen war. Wenn die Theorie stimmt, folgt die Praxis auf dem Fuß. Man musste nur anfangen, und wenn das noch nicht geschehen war, dann weil es dafür bislang keine Gelegenheit gegeben hatte. Jetzt sollte der Moment kommen, und es schien unsinnig, sich vorzuwerfen, die heikle Frage der Praxis ganz der Improvisation auf dem Aktionstheater überlassen zu haben, trotzdem er im Laufe der Jahre über eine Unmenge freier Zeit verfügt hatte; denn die Erfahrung hatte ihn gelehrt, dass man die Praxis nicht als Theorie denken konnte oder dass sie, wenn man sie so dachte, ihr Wesen veränderte, Theorie wurde, und über die Praxis als solche hätte man immer noch nicht nachgedacht. Es hatte keinen Sinn, sich zu beklagen, vor allem, weil er schon die Lösung sah, die sich pünktlich zum vereinbarten Termin einstellte und die, obwohl sehr kompliziert, insgesamt vor ihm auftauchte, in einer Kaskade, deren Bewegung er gut kannte. Wie ein philosophischer *bricoleur* trug sie zu seiner Unterstützung Ideen oder Fragmente von Ideen aus anderen Bereichen heran, und ihre sofortige Adaption, mit der sie seinen Bedürfnissen entgegenkamen, begeisterte ihn, als hätten alle seine Probleme ein Ende gefunden.

Aus dem verlegerischen Bereich stammte das passende Instrument. Es war die »Ausklappseite«, von der wir schon sagten, dass sie auf seiner Liste der für die Heftchen unrealisierbaren Luxusfantasien gestanden hatte. Hier übertrug sich die Ausklappseite in das Wandschirmformat unbestimmten, wenngleich nicht unbegrenzten Ausmaßes. Mit der »Wandschirm-Form« konnte man das Universum auf einfache und rasche Art unterteilen: Schmal, aus hauchdünner Kunstseide über einem Gestell aus Draht, ließ sich der Wandschirm zwischen zwei benachbarte, durch einen winzigen Spalt getrennte Elemente schieben; faltbar, konnte er alle erforderlichen Winkelstellungen einnehmen; und durch die Fähigkeit, sich beliebig erweitern zu lassen, eignete er sich dazu, die voneinander entferntesten Punkte ebenso wie die nächstgelegenen miteinander zu verbinden und riesige oder winzige Gebiete voneinander zu isolieren. Er musste nur hier und dort den Wandschirm erweitern und die Gebiete der Wirklichkeit abtrennen, die mit dem Überleben des Mannes nicht vereinbar waren. Anders gesagt: Jetzt war das Universum ein einziges Ambiente, und am Lager des Kranken mündeten wahllos die direkten oder indirekten Ursachen, die seinen Tod unausweichlich machten. Man brauchte nur die Wandschirme aufspannen und ihnen den Weg versperren. Das war machbar, weil diese Ursachen nicht die einzigen waren, die die Wirklichkeit bildeten, sondern nur ein kleiner, wenn auch erlesener Teil der Totalität, weshalb man keinen Abschnitt von vornherein ausklammern konnte. War die »Sicherheitszone« erst einmal konfiguriert, würde sich der Patient von seinem Lager erheben, geheilt und zufrieden, bereit, weitere dreißig Jahre zu leben. In der »offenen« Welt, so wie sie jetzt war, konnte er nicht leben; sämtliche Determinanten dieser Unmöglichkeit musste man auf die andere Seite der Wandschirme verbannen. Oder besser gesagt: nicht alle, denn das hieße, erneut beim göttlichen Anspruch zu landen; alle, die sich nach Menschenmöglichkeit ausmachen und isolieren ließen und nötig waren, um das letztlich bescheidene Ergebnis dieser individuellen Heilung zu erzielen.

Er begann den ersten Wandschirm zu spannen, ohne noch zu wissen, wo er ihn einziehen sollte ...

Aber ich glaube, ich habe mich nicht ganz verständlich gemacht. Ich versuche es daher noch einmal, mit anderen Worten. Die anstehende Arbeit bestand in nichts weniger als in der Identifizierung sämtlicher zum Universum beitragenden Tatsachen, der sogenannten »harten Fakten« im engeren Sinne wie auch aller anderen: der imaginären, virtuellen und möglichen; hinzu kamen die gruppenbildenden Tatsachen, von den einfachen Paarungen bis hin zu den millionenfachen, und die Tatsachenfragmente, will sagen, ein tausendjähriges Reich ebenso wie eine feierliche Anstiftung zum Biertrinken. Die Tatsachen mussten einzeln angegangen werden; wenn sie in Gruppen auftraten, dann um eine andere Tatsache zu bilden, die so individuell war wie jede ihrer einzelnen Komponenten, wobei sich die gesonderte Betrachtung jeder einzelnen von ihnen dadurch nicht erübrigte;

sie gruppierten sich nach Genre, Art, Typus, Familie und so weiter. Gegenstand konnte nicht »ein mit dem Schwanz wedelnder Hund« sein, sondern musste »dieser« Hund sein, der zu einer bestimmten Stunde und Minute eines Tages, Monats, Jahres mit dem Schwanz wedelte, »dieses« konkrete Wedeln mit dem Schwanz.

Es war die Universalenzyklopädie von allem, nicht nur die des Singulären (das Allgemeine kam als Tatsache noch hinzu, fand als Einzelnes Eingang in die Liste, auf gleicher Ebene wie alles andere). Weniger würde auf keinen Fall helfen. Denn wenn man verhindern wollte, dass sich eine bestimmte Tatsache ereignete, auf deren Eintreten die gesamte Ordnung des Universums hinwirkte, musste man bis in den letzten Winkel des Universums nach jeder einzelnen Tatsache suchen, die ihm vielleicht als Steigbügelhalter diente.

Einverstanden, eine solche Enzyklopädie zu erstellen, wäre unmöglich. Eine typisch göttliche Idee. Doch war das Originelle an Doktor Airas Idee ja gerade der Transfer zum Menschlichen auf dem Weg der Unvollkommenheit. Man erstellte sie schließlich nicht aus Jux und Dollerei, Eitelkeit oder sportlichem Ehrgeiz, sondern aus drängender praktischer Notwendigkeit: um ein sofortiges und greifbares Ergebnis zu erzielen, und das erreichte man (unter Umständen) schon mit viel weniger als der Vollkommenheit. Es ging nicht darum, dem Patienten zu vollkommener Gesundheit zu verhelfen; nur darum, ihn vor dem unausweichlichen Tod zu bewahren.

Dennoch, es war und blieb eine titanische Aufgabe, denn die Zusammenstellung der Tatsachen bildete nur das Vorspiel zur eigentlichen Operation: der Auswahl der Begleitumstände, die es abzutrennen galt, um ein neues provisorisches Universum zu erschaffen, in dem »etwas anderes« geschehen konnte als das, was geschehen musste. Übrigens gab es für diese Ausschlüsse und die anschließende Herausbildung eines Gebiets, das als alternatives Universum dienen konnte, einen Präzedenzfall, und das war tatsächlich der Roman. Um einen Roman zu schreiben, das kann man durchaus sagen, muss man eine Liste von Einzigartigkeiten erstellen und dann eine Grenze ziehen, die lediglich einige von ihnen »drinnen« lässt und alle übrigen in einen abwesenden oder virtuellen Zustand versetzt. Was eine Ausgrenzung sui generis darstellt. Es gibt viele Dinge, die ein Roman nicht sagt, und dieses Ungesagte macht es möglich, dass in seinem so beschränkten Universum die Handlung stattfinden kann. Womit der Roman auch ein Präzedenzfall für das Wunder ist, denn kraft dessen, was man ausschließt, können überhaupt erst die Ereignisse geschehen, von denen der Roman handelt. Es stimmt, dass es sich hier nicht um Wirklichkeit, sondern um ihre Darstellung handelt, aber wenn ein Roman gut, wenn er ein Kunstwerk ist und nicht bloße Unterhaltung, erlangt er das Gewicht von Wirklichkeit. Womit sich die Ansicht bestätigt fände, dass ein guter Roman ein wahres Wunder ist.

Die Periodisierung der Arbeit (erst die Identifizierung sämtlicher Tatsachen, dann die Auswahl derer, die infrage kommen) haben wir zur besseren Verständlichkeit vorgenommen: In der Praxis wurde alles auf einmal gemacht. Als Doktor Aira loslegte, tat er es daher *en bloque*, und sein Schwanken schloss alles ein.

Schon zeichnete sich im undurchdringlichen Wirrwar des Ganzen das weiße Zickzack eines ersten Wandschirms ab.

Ja ... Tatsächlich ... Die Orte, die er abschreiten musste, würden von ganz allein auftauchen, sie zu suchen, war kaum nötig. Von »Suche« zu sprechen, war auch widersinnig, denn da es sich um sämtliche Orte handelte, genügte es, sie zu finden; was freilich zu suchen blieb, waren die Wege, die in der Überfülle des zu Findenden Orientierung boten. Und in der Aktion, die bereits begonnen hatte, im Wunder der Aktion sah er sich schon winzigen Weltbausteinen ausweichen, und Sekunden später war er schwer beschäftigt. Die Elemente kamen auf ihn zu, gleichermaßen angezogen von den launenhaften Gesetzen der Anziehungskraft und den strengen Gesetzen der Gesetze wie vom Fehlen oder der Abwesenheit jeglicher Gesetzmäßigkeit. Weshalb im selben Moment, in dem der Wandschirm seine Bahn zu ziehen begann, die ersten Elemente, zwischen denen er seine Abgrenzungen vorzunehmen hatte, klar konturiert in Erscheinung traten: Bei diesen ersten Elementen handelte es sich lediglich um Reisen und Ortsveränderungen: Ausflüge hierhin und dorthin, im Flugzeug, im Taxi, im Bus, in der U-Bahn, im Riesenrad, zu Fuß, auf Schlittschuhen ... Doktor Aira hatte plötzlich alle Hände voll zu tun. Die Schranke der Ausgrenzung in Form eines eleganten weißen Wandschirms separierte bereits weite Einheiten des Universums. Von den Flugreisen, die das Universum enthielt, ließ er mehr oder weniger die Hälfte »draußen«, um sich einen akzeptablen Spielraum zu verschaffen; natürlich wusste er nicht, welche von ihnen mit dem Überleben des Mannes in Einklang standen und welche nicht, weshalb er den Wandschirm in einem ihm ohnehin gemäßen Zickzack aufspannte, um die Wahrscheinlichkeit zu vergrößern. Wenn auch nur eine einzige Flugreise aus jenem Universum, in dem der Patient an Krebs sterben musste, »drinnen« bliebe, würde die ganze Sache scheitern; aber es war besser, nicht darüber nachzudenken; Defätismus war ein schlechter Ratgeber, außerdem war der Defätismus, jede Art von Defätismus, ebenfalls ein Baustein der Welt und musste in Passendes und Unpassendes unterteilt werden: Er würde auch noch an die Reihe kommen.

Schon diese erste Operation gestaltete sich kompliziert. Die zackige Linie des Wandschirms war nicht eindimensional, denn zeitgleich mit dem Element »Flugreise« tauchten andere auf, etwa die geografischen Orte, die durch die Reisen verbunden wurden, die verschiedenen Flugzeuge, das an Bord servierte Essen, die Flugzeiten, die Gesichter der Stewardessen, die Sitznachbarn, die Wolken, die Gründe für den Antritt der Reise und tausend andere Dinge; weshalb sich das Zickzack des Wandschirms in allen Ebenen und Richtungen multiplizierte wie ein monströser Pompon; bei all seinen Linien versuchte Doktor Aira, dasselbe Zickzack zu beschreiben, wobei er jedoch die Proportionen von drinnen und draußen variierte.

Letzteres war der Tatsache geschuldet, dass er, obgleich es um die Menschheit ging und die Theorie sich auf das allgemein Menschliche bezog, so wie es sich im Wirklichen manifestierte, doch eine individuell zugeschnittene Heilung vornahm. Daher musste er – und sei es auch nur in groben Zügen, ahnungsweise – den Lebensstil des Mannes in Betracht ziehen. Hier hantierte er bereits mit dem Element »Lebensstile« und seinen Begleitumständen. Er hatte keine sehr klare Vorstellung (niemand hat das) von den Routinen eines Millionärs, aber er konnte sie sich ausmalen und seine Fantasien mit etwas gesundem Menschenverstand ergänzen. Es war beispielsweise schlichtes logisches Kalkül, dass dieser Mensch sich selten oder nie mit öffentlichen Verkehrsmitteln fortbewegte, sowohl in der Welt, in der er an Krebs starb, als auch in jener, die hier gerade erschaffen werden sollte und in der er überlebte. Aber man durfte aus diesem Umstand keine voreiligen Schlüsse ziehen: Denn seine Angestellten fuhren allerdings mit dem Bus, ebenso die Angehörigen und Freunde seiner Angestellten sowie der eine oder andere Kellner, der ihn irgendwann einmal bedient hatte, und die Schwiegermutter dieses Kellners und ganz allgemein die Leute, die an dem System in seinen näheren und ferneren Verästelungen andockten. Auch hier ließ die Linie der Wandschirme Pompons entstehen, und man brauchte nur an die virtuell unendliche Komplikation der Buslinien in Buenos Aires in einem bestimmten Zeitfenster oder Segment des Streckennetzes zu denken und an alle Augenblicksausschnitte seit Erfindung des Busverkehrs, um sich die Anzahl der Kurven vorzustellen, die die Separation beschreiben musste. Der Wandschirm furchte Wege wie eine Stahlklinge durch ein Milchbrötchen, es war, als würde sich die Materie dafür besonders eignen. Was würden diejenigen Augen machen, die wie jeden Tag den 86er nehmen wollten, um zur Arbeit zu fahren, und feststellten, dass der 86er im neuen Universum nicht mehr die Rivadavia, sondern die Santa Fe entlangfuhr, oder dass es ihn überhaupt nicht mehr gab, oder dass er jetzt die Nummer 165 trug! Aber nein, niemand wäre überrascht, denn die »Überraschung«, jedes individuelle Überraschtsein wie auch jede berufliche Routine (ganz zu schweigen von den Straßennamen und dem Liniennetz des Stadtplans), waren ihrerseits

Gegenstand von Separierungen, und das neu entstandene Universum, wie immer es ausfallen mochte, wäre zwangsläufig kohärent. Und natürlich war davon beileibe nicht nur der Busverkehr von Buenos Aires betroffen.

Nach den Reisen kam das Licht an die Reihe, ein Element, das die Photonen ebenso einschloss wie das Helldunkel, in dem sich das Dreidimensionale eines Körpers auf einem x-beliebigen Kupferstich des Barockzeitalters darstellte ... Es war ein weites Feld, denn es gab keine Gelegenheit, die nicht in Licht getaucht gewesen wäre – was, kurz gesagt, für jede der zuvor behandelten Reisen galt, und bei jeder gab es eine komplette Reihe möglicher Lichtzustände, ebenso bei jeder eingetretenen oder denkbaren Gelegenheit. Tatsächlich ergab sich diese »Generalisierung« auf allen Feldern; auf dem der Reisen oder Ortswechsel auch, denn könnte es eine Gelegenheit geben, die nicht auf die eine oder andere Weise Bewegung implizierte? Folglich war alles Reise, so wie alles Licht war ... Die Wege der Wandschirme liefen in sich selbst zurück, in dem Maße, dass es möglich war, eine frühere Wegstrecke so zu aktualisieren, dass sie eine neue Funktion erfüllte.

Mit dem Licht tauchte eine zusätzliche Schwierigkeit auf, dass sich nämlich das Licht, besser gesagt die Beleuchtung, in einer bestimmten Intensität ereignet – Aktualisierung eines Kontinuums von Intensitäten, das sich nur willkürlich abstufen lässt. Aber war es eine auf das Element »Licht« beschränkte Schwierigkeit oder eine Eigenschaft sämtlicher Felder? Um beim schon ausgearbeiteten Feld, dem der Reisen, zu bleiben, so gab es auch dort ein Kontinuum: die Erstreckung der durchlaufenen Bahn. Oder viele Kontinuen: die Geschwindigkeit, das Vergnügen oder Missvergnügen, mit dem die Fahrt absolviert wurde, die Menge der unterwegs registrierten Wahrnehmungen ... Und wie im Falle des Lichts war die Intensität nicht das einzige infrage kommende Kontinuum, gab es doch auch die damit einhergehende Temperatur, den atmosphärischen Druck, die Farbe ...

Die Dinge ereigneten sich in weniger Zeit, als zu ihrer Erklärung nötig war. Wenn Doktor Aira hätte innehalten und nachdenken können, würde er über die Reihenfolge »Reisen – Licht« nachgedacht haben. Warum hatte er mit jenen begonnen, warum machte er mit diesem weiter? Welche Art von Katalog ging er durch? Woher stammte die Liste? Nirgendwoher; es gab weder Katalog noch Ordnung. Im gesamten Heilungsvorgang herrschte ein perfektes Wahrscheinlichkeitsgefüge, wie in einem Roman (noch einmal). Es war nicht wie im Theater, wo alles Mögliche geschehen konnte, losgelöst von allem Übrigen, und in welchem Fall man dann allerdings auf eine Themenliste zurückgreifen kann, um nach ästhetischen Kriterien auszuwählen; wenn wir an der Theatermetapher dennoch festhalten wollen, wäre an das bürgerliche Drama zu denken, wo langweilige psychosoziale Beweggründe die Rolle des Wahrscheinlichen übernehmen.

Das Wahrscheinliche im Reinzustand, das hier am Werk war, deckte sich mit der Gleichzeitigkeit. Wenn man sagte, dass nach dem Licht die Fahnen kamen, folgte das nur gängiger Redekonvention. Die Fahnen aller Länder der Welt, die, die irgendwann gehisst worden waren, und jene, die sie als mögliche auf ihrem Weg durch die Geschichte begleitet hatten, indem sie ihre Farben, ihre Symbole, ihre seidene oder papierene Stofflichkeit oder ihre Eindrücke auf Netzhäuten teilten, behaupteten sich im Licht und auf den Reisen. Ein buschiger Pompon aus Wandschirmen trennte die vollständige Sphäre vom Universum und ließe einige Fahnen »drinnen«, die anderen »draußen«. Urplötzlich ging es um den Haarschnitt. Wandschirme. Dutzende Millionen von Friseurläden, Friseusen und Friseuren und Scheren blieben aus der Neuen Welt der Wunderheilung ausgeschlossen, etliche andere fanden darin Platz.

Der Gleichzeitigkeit spielte die Tatsache in die Hände, dass die Wandschirme, die eine Trennung vollzogen, ihre Bahn ein wenig über das Ziel hinaus fortsetzen (es gab keine festen Grenzen) und ein bisschen nach dem Zufallsprinzip eine Trennung auf anderem, angrenzendem Gebiet, anderen Flächen und Ebenen verursachten. Doktor Aira akzeptierte diese Handreichungen des Zufalls, denn er war nicht in der

Situation, irgendeine Hilfe abzuweisen. Außerdem merkte er bald, dass ein und derselbe Wandschirm aufgrund der Überlagerung von Bedeutungsfeldern mehr als eine Trennung bewirkte.

Eine gewisse Sorge bereitete ihm der Umstand, dass jede »Branche« mit einem Wort übereinstimmen sollte. Ihm war durchaus bewusst, dass man das Universum nicht mit Worten rubrizieren konnte, schon gar nicht mit denen einer einzigen Sprache. Er benutzte auch Komposita (»Haarschnitt« war so ein Fall), und ganz allgemein versuchte er, sich den Worten gegenüber taub zu stellen, sich in einem Raum jenseits von ihnen zu positionieren. Aber durch ihre Konnotationen und Assoziationen, die sogenannten »gleichgesinnten Ideen«, bildeten sie eine gute Ausgangsbasis. Etwa das Wort »Sex«. Er zog ein verrücktes Wandschirm-Zickzack und sperrte eine Hälfte von vergangenem und zukünftigem Sexualverhalten aus. Die auf den Ebenen Partner, Lüste, Spielarten etc. auf- und absteigenden Wandschirmbahnen bildeten erneut den bekannten Pompon. Da es sich um eine ausgesprochen delikate Materie handelte, vollzog er die Trennung mit ausgesuchter Brutalität. Der Patient würde, wenn er das Bett verließ, vielleicht erfahren, dass er nicht eine bestimmte Geliebte gehabt hatte oder dass er Jungs bevorzugte oder einmal mit einer Chinesin im Bett gewesen war, aber wenn als Preis das Leben winkte, sollte das zu verschmerzen sein.

Dass den übrigen Bewohnern des Planeten, Tiere eingeschlossen, das Gleiche blühte, war nicht so wichtig, weil die individuellen Gedächtnisse, die nur für den innerhalb des Neuen Universums verbliebenen Teil funktionieren würden, keine anderen Erinnerungen besäßen. Viele schöne Liebesgeschichten würden im Äther verschwinden und nie passiert sein.

Nach wie vor ragten die Enden der Wandschirme über die Bedeutungsfelder hinaus und erzeugten deren weitere, die sie unverzüglich, fast durch das ihrer Entfaltung vorausgehende Trägheitsmoment, in großem, ungestümem Zick und Zack zerschnitten. Die Astronomie. Die Fähigkeit von Papageien und Amseln, sprechen zu lernen. Der Dieselmotor. Die Assyrer. Der Kaffee. Die Wolken. Wandschirme, Wandschirme, Wandschirme. Sie wucherten allerorten, und man musste höllisch aufpassen, dass nicht irgendein Bereich seiner pflichtschuldigen Separierung entging. Glücklicherweise hatte Doktor Aira keine Zeit, zu bemerken, welchem Stress er ausgesetzt war. Der Schlüssel war die Aufmerksamkeit, und vielleicht hat nie ein Mensch mehr davon aufgewendet als er während dieser einen Stunde. Wären die Umstände weniger ernst und wäre ihm eine leichtfertigere Betrachtung möglich gewesen, hätte er sich sagen können, dass das gesamte Verfahren eine beispiellose Erzeugung von Aufmerksamkeit war, die denkbar aufreibendste, um diese noble Eigenschaft des menschlichen Geistes ins Werk zu setzen. Und es brauchte dafür keinen Hochbegabten; ein gewöhnlicher Mensch war dazu imstande (und es zu einem gewöhnlichen Menschen zu bringen, hätte Doktor Aira schon glücklich gemacht), da die Heilung all die Aufmerksamkeit erzeugte, derer sie bedurfte. Sie war nicht wie diese elektronischen Spiele, die immer versuchen, unsere Aufmerksamkeit zu verhöhnen, sie auszutricksen oder zu übervorteilen; um im Bild zu bleiben, müsste man sagen, dass der Wunderheilungsbeauftragte sein eigenes elektronisches Spiel war, sein eigener Bildschirm, seine eigenen Köder, die allerdings der Aufmerksamkeit nicht auf den Zahn fühlten, sondern sie nährten. Mit anderen Worten: Die Anstrengung war übermenschlich, und ob Doktor Aira sie bis zum Schluss würde ertragen können, musste sich noch erweisen.

Das Ganze zehrte nicht nur an den Nerven, sondern auch an den Kräften. Mochte es sich auch um imaginäre Wandschirme handeln, so war die Arbeit, sie zu entfalten und in den weiten und dicht gefüllten Gefilden des Universums aufzuspannen, sehr real. Er fasste sie an den oberen Rändern beidhändig mit Daumen und Zeigefinger und öffnete sie, indem er die Arme auseinanderzog, und da das fast nie reichte, musste er sich bewegen, kleine Sprünge zur Seite vollführen … dann wieder zurück, um die Linie zu korrigieren, die Winkel zu verringern oder zu vergrößern; in der Regel vermied er die gerade Linie, die entstand, wenn er den Wandschirm mit aller Kraft auseinanderzog, denn die Gerade war allzu kategorisch, und seine Scheidungen mussten abgestufter ausfallen: Die aus- und einspringenden Winkel des nicht ganz in die Länge gezogenen Wandschirms konnten eine Tatsache, eine Einzelheit ein- oder ausschließen, die, so klein sie auch war, entscheidend sein konnte; auf alles kam es an.

Und es gab Wandschirme, die nach oben abgingen, oder nach unten … Um ihrer Bahn zu folgen, stellte er sich auf die Zehenspitzen oder sprang mit einem Satz auf einen Stuhl; wenn es abwärts ging, warf er sich auf den Boden und schob einen Wandschirm unter das Bett, unter den Rand des Teppichs, schien ein Loch in den Boden scharren zu wollen. Er wich zurück, rückte vor, während er weiter oben einen Wandschirm zog und mit der Fußspitze die Winkel oder die Richtung eines anderen weiter unten korrigierte. Da er nichts als seine Wandschirme und den Urwald schillernder Elemente sah, durch den sie pflügten, endeten seine Rochaden regelmäßig in einem Zusammenprall mit Wänden und Möbeln … Es war ein ständiges Stolpern, und er ging öfter zu Boden, als dass er aufrecht stand. Je nach dem Schwung, den er mitbrachte, blieb er der Länge nach liegen oder überschlug sich in spektakulären Purzelbäumen; aber er nutzte diese unfreiwilligen Kopfsprünge, um Wandschirme an Orten aufzuspannen, an die er anders nicht gelangt wäre. Alles erfüllte seinen Zweck.

Er war unablässig in Bewegung. Der Schweiß lief ihm in Strömen, tropfte aus seinen Haaren, ließ die Kleider an der Haut kleben. Hin und her ging es, und rauf und runter, jede Körperzelle wurde durchgewalkt, Arme und Beine zogen sich zusammen und in die Länge, als hingen sie an Gummibändern; ab und zu hüpfte er wie ein Insekt. Sein sonst so ausdrucksloses Gesicht wurde aufgewühlt wie eine sturmgepeitschte See, ohne in einer Miene stillzustehen; die Lippen formten allerlei flüchtige, im Keuchen erstickte Worte, und wenn sie sich öffneten, sah man die Zunge wie eine epileptische Schlange sich winden. Hätte man im Sekundentakt dem Auf und Ab der Brauen folgen können, wären Millionen sich überlagernde Überraschungen darin zu lesen gewesen. Seine Visionen fest im Blick.

Äußerlich betrachtet, wenn man nicht wusste, worum es ging, ähnelte die angewandte Heilung einem Tanz ohne Musik und Rhythmus, einer Art Tanzakrobatik, dazu bestimmt, wie man meinen könnte, einem ungeborenen Versuchsexemplar des Menschlichen Form zu verleihen. Man musste zugeben, dass es reichlich schwachsinnig aussah. Er ähnelte einem Quijote, der unsichtbare Feinde mit Hieben traktierte, nur dass sein Schwert ein Bündel metaphysischer Wandschirme war und sein Kontrahent das Universum.

Paff! Er krachte gegen einen Stuhl und ging kopfüber und mit zappelnden Beinen zu Boden; sein Scheitel hinterließ auf dem Teppich einen feuchten runden Fleck; aber hier unten arbeitete er gleich weiter: Die rechte Hand beschrieb einen weiten Halbkreis und installierte einen Wandschirm, der mohammedanische Freuden und Kümmernisse trennte; die linke zog einen anderen Wandschirm etwas näher heran, der zu viele Apfelsorten ausgeschlossen hatte ... Schon war er wieder auf den Beinen und machte sich daran, das weiße Akkordeon eines verschiedene Realitätsebenen vertikal durchkreuzenden Wandschirms aufzufächern und »Späte« von »Frühen« zu trennen ...! Und was aussah wie ein Ausfallschritt, um das Gleichgewicht zu wahren, war bloß die Anpassung zweier Wandschirme, die der Ausschließung bestimmter Rikschas und gewisser Gespräche dienten. Mit der Brust, dem Gesäß, den Knien, den Schultern und mit Kopfstößen korrigierte er in einem regelrechten Veitstanz Wandschirmpositionen, Winkel und Schrägen. Kaum vorstellbar, dass diese groteske Marionette gerade ein Neues Universum schuf!

Und so ging es weiter. Man hätte meinen können, dass der Darstellungsraum, der ihm zur Verfügung stand, bald so vollgestellt sein würde, dass ihm das Aufspannen weiterer Wandschirme schwerfallen musste. Aber nichts dergleichen, denn der Raum war nicht eigentlich der einer Darstellung, sondern der der Wirklichkeit als solcher. Weshalb die Verkleinerung ihre eigene Vergrößerung bewerkstelligte. Wie in einem Einpersonen-Urknall erschuf sich der Raum Zug um Zug selbst, statt abzuwarten, dass er sich füllte, und in jedem Pompon bildete sich ein vollständiges Universum.

Der Wirklichkeit zu Ehren hatte er die Balkontür offen gelassen. Durch sie entwichen bis zum Firmament lange Wandschirmschwaden. Von einigen sah er nicht einmal, was sie ausschlossen, vertraute aber darauf, dass sie von jeder Branche doch wenigstens eine Einzelheit diesseits beließen. Wie es bei sehr schwierigen Aufgaben zu geschehen pflegt, kam irgendwann der Punkt, wo es nur noch darum ging, ein Ende zu finden. Fast interessierte er sich nicht mehr für die Ergebnisse, war doch das Ergebnis, das alle anderen einschloss, die Beendigung dessen, was er begonnen hatte. Man musste wirklich selbst Hand anlegen, um festzustellen, wie anspruchsvoll die Problematik des Großen Ganzen war, welchen Druck, sich den Kopf zu zerbrechen, sie erzeugte … Das konnte nur erfahren, wer es selbst erlebte; alle Vorausberechnung oder Fantasie griff hier zu kurz. Er wünschte sich inständig, ohne dafür doch Zeit zu haben, in den viel entspannteren menschlichen Modus zurückzuschalten, weil der einem alle Freiheit ließ. Trotzdem war, was er tat, im Grunde menschlich, und in Anbetracht der automatischen Resorption, die in der Heilung wirkte, führte der Wunsch, fertig zu werden, zum Ende hin, näherte sich die Ermüdung der Erholung, der Druck der Entspannung.

Und tatsächlich begannen sich die Stangen der jeweils letzten Wandschirmflügel mit den Enden der nächstgelegenen Schirme zu verschweißen, womit der Prozess der Abzäunung ausgeschlossener Gebiete endete. Die Schweißverbindungen bildeten sich wie von Zauberhand, eine nach der anderen, in milliardenfachen Kaskaden, die das Herz der Sekunde, der letzten Sekunden, sprengten. Sie erzeugten im tiefen Schwarz der Nacht einen geölten weißen Blitz. Es hatte etwas Alptraumhaftes, dieses »Schluijck ...«. Zum Eindruck fiebrigen Deliriums trug maßgeblich Doktor Airas Erschöpfung bei, dem sich gegen Ende seiner Kräfte alles drehte, der keine Luft mehr bekam, dem die Ohren sausten und vor den Augen rote Pünktchen tanzten.

Das Entscheidende aber war, dass sich der Zaun schloss und das Neue Universum sich bildete, ebenso unermesslich komplex, wie es vordem das Alte gewesen war, aber anders und so angepasst, dass der Krebs des Bettlägerigen nie gewesen war ... Die Arbeit der Heilung vervollständigte sich vor seinen vor Müdigkeit halb geschlossenen Augen; er ließ die Arme sinken, seine Beine vermochten ihn kaum noch zu tragen, das vor ihm wieder auftauchende Zimmer walzerte im Schwindeltakt, mit ihm das Bett und sein Patient, die Scheinwerfer, die Kameraleute, die Krankenschwestern, die Angehörigen ... Fürs nächste Mal, dachte er, als Erschöpfung ihn wie geistige Umnachtung umfing, müsste er sich eine

Maschine ausdenken, die für ihn die Wandschirme spannte. Angesichts eines automatischen Systems, das der heutigen Zeit würdig wäre, erschiene das Herumgehopse, dem er sich überlassen hatte, nur mehr wie eine kunsthandwerkliche und unvollkommene Frühgeschichte der Wunderheilung. Aber bevor man über eine unwahrscheinliche zweite Auflage nachdachte, blieb das Ergebnis der ersten abzuwarten.

Und in der Tat war es ein mit vielen Unbekannten befrachtetes Warten. Schon als er die Verschweißungen gewärtigte, in der plötzlichen Passivität, die sie ihm nach der kompakten, atemlosen Aktion zugestanden, war ihm aufgefallen, wie mit jeder »Schließung« das Wahrscheinliche sich veränderte und mit jeder weiteren Schließung erneut veränderte; natürlich folgten die Schließungen nicht einfach aufeinander, summierten sich vielmehr, bis sie definitiv eine einzige Schließung bildeten. Es war ein extremer Fall von »Sachen mit Worten machen«. Ein schwindelerregendes Transponieren von Wahrscheinlichkeiten fand hier statt, und Doktor Aira hatte keinen blassen Schimmer, wo man am Ende landen würde. Darum ging es letztlich.

Er sollte es sogleich erfahren. Tatsächlich wurde in der Überdeterminierung des Augenblicks sein Erwachen auch von einem Gelächter ausgelöst … das Teil des Alptraums war, nur auf anderer Ebene. Die Lachsalven pflanzten sich um ihn herum fort, sortierten und substanzialisierten den Raum des Schlafzimmers neu, und von ihm aus den des Gebäudes und des Viertels, den von Buenos Aires und der ganzen Welt. Nur er brauchte länger, sich zu sortieren und zu verstehen, was vor sich ging; er kannte sich und hatte sich mit diesen Verspätungen abgefunden. Das Einzige, was er gegenwärtig wusste, war, dass alles, was von diesem Moment an in der Wirklichkeit geschah, von dem Aufstellungswinkel irgendeines Wandschirmflügels abhing, er mochte noch so weit entfernt sein, wie jener zum Beispiel, der aus diesem Neuen Wirklichkeitsuniversum ein Lagerfeuer, oder den auffliegenden Funken eines Lagerfeuers, in der Frühgeschichte der Maori-Völker ausgeschlossen hatte … Inmitten des Gelächters öffneten sich seine Augen einer wahrhaft Neuen Welt.

Und in dieser Neuen Welt krümmten sich die Anwesenden vor Lachen, die Kameramänner schalteten ihre Kameras ab, nahmen das Auge vom Sucher und gaben sich als die falschen Ärzte aus dem Krankenwagen in der Calle Bonifacio zu erkennen, der Kranke selbst saß keuchend vor Lachen im Bett und wies mit dem Finger auf ihn, brachte aber kein Wort heraus, weil ihm das Lachen die Sprache verschlug … Es war Actyn! Der Schuft … Er hatte das Ganze inszeniert! Zumindest glaubte er selbst das. Im Sterben lag er jedenfalls nicht, hatte keinen Krebs, hatte nie Krebs gehabt, war kein steinreicher Unternehmer … Das Wahrscheinliche hatte sich vollständig verändert. Das Gelächter war berechtigt, die Freude konnte gar keinen triftigeren Grund haben. Actyn hatte es nach jahrelangen vergeblichen Versuchen endlich geschafft, dass Doktor Aira die größte, die entscheidende Blamage seiner Laufbahn zustandebrachte ... Und das war sie wirklich: die Blamage als Wahrscheinlichkeitsveränderung, das heißt, als die sichtbare Spur – die einzige, die im Gedächtnis haften bleiben konnte – von der Verwandlung eines Universums in ein anderes und also von der geheimen Wirksamkeit der Wunderheilung.

Pringles, 6. September 1996

César Aira

Eine Episode im Leben des Reisemalers

Aus dem Spanischen von Christian Hansen
127 Seiten, gebunden mit Schutzumschlag
ISBN 978-3-95757-140-3

Der Augsburger Maler Johann Moritz Rugendas erreicht 1837 zusammen mit Alexander von Humboldt Lateinamerika. Als Landschafts- und Naturmaler soll er die Forschungen des Entdeckers durch Illustrationen unterstützen. Auf dem Weg von Chile nach Buenos Aires passieren sie einen unheimlich anmutenden Landstrich, bald zieht ein nachtschwarzes Gewitter auf und entlädt sich über ihnen. Rugendas wird vom Blitz getroffen. Er überlebt, doch er verfängt sich im Steigbügel und das erschreckte Pferd bricht aus und schleift ihn mit sich. Auch diese Tortur überlebt er, aber sein Gesicht wird aufs Fürchterlichste entstellt. Von nun an im Morphiumrausch, um die Schmerzen zu ertragen, malt er Bilder von atemberaubender Wucht. Auf seiner Jagd nach immer spektakuläreren Motiven wagt er sich eines Tages ins Zentrum eines echten Indianerüberfalls, doch diesmal scheint seine Obsession zu weit zu gehen.

»César Aira ist der elektrische Reiter der lateinamerikanischen Kultur.« — Ralph Hammerthaler, *Süddeutsche Zeitung*

Matthes & Seitz Berlin

César Aira

Der kleine buddhistische Mönch

Aus dem Spanischen von Klaus Laabs
95 Seiten, gebunden mit Schutzumschlag
ISBN 978-3-95757-082-6

Ein fast unsichtbar kleiner buddhistischer Mönch sehnt sich danach, seiner Heimat Südkorea zu entfliehen und die westliche Welt kennenzulernen, von der er nur eine vage, doch großartige Vorstellung hat. Er beginnt verbotenerweise, sich durch den Kanon der westlichen Kultur zu lesen: Kunst, Literatur, Philosophie, Theologie – ach, was studierte er nicht alles! Als er dermaßen gewappnet auf ein französisches Touristenpaar trifft und sie auf einer Reise durch das Land begleitet, erwarten ihn unliebsame Überraschungen. Ein vom Himmel stürzendes selbstmörderisches Pferd ist dabei nur eine bemerkenswerte Begebenheit der an Wendepunkten und Überraschungen reichen, irrwitzig phrasierten und höchst geistreichen philosophischen Novelle.

»Hier wird eine literarische Schnitzeljagd veranstaltet, nicht um am Ende einen Schatz in der Hand zu halten, sondern aus reiner Freude am Streuen und Kombinieren der Schnitzel. Aira laboriert an keinem verborgenen Thema, sondern immer offen am Text. Von dessen Freiheiten scheint er auf ewig fasziniert.« — Merten Worthmann, *Die Zeit*

Erste Auflage Berlin 2020

Göhrener Straße 7, 10437 Berlin
info@matthes-seitz-berlin.de

Titel der Originalausgabe: *Las curas milagrosas del Doctor Aira*

Umschlaggestaltung: Dirk Lebahn, Berlin
Satz: Tom Mrazauskas, Berlin
Druck und Bindung: Pustet, Regensburg

ISBN 978-3-7518-0001-3

www.matthes-seitz-berlin.de